SEEKER

a sinful easter party

Alea Villain

Alea Villain

SEEKER

a sinful easter party

dark Romance Novelle

SEEKER
a sinful easter party
Dark Romance Oster Novelle

Novelle
1. Auflage

Covergestaltung: XOXO - Dress up your Books
Buchsatz: XOXO - Dress up your Books
Korrektoren: Kerrin Gossow, Vanessa Kessel

Daphne Bühner
c/o Autorenbetreuung Caroline Minn
(Impressumservice)
Kapellenstraße 3
54451 Irsch

sohnomad@hotmail.com

Ich bin die Auferstehung und das Leben,
wer an mich glaubt,
wird leben,
auch wenn er stirbt.

Johannes 11,25

Triggerwarnung

Dies ist keine nette Osterstory, in denen Kinder bemalte Eier suchen. Du wirst hier keine Liebesgeschichte mit einem zuckersüßen Happy End finden. Jedes Kapitel wird dich anders fühlen lassen. Dich an verschiedene Grenzen bringen und diese neu ansiedeln. Du wirst gesucht, gejagt und dein Fluchtinstinkt wird einsetzen.
Diese Novelle ist ausnahmslos düster, provokant, verdammt spicy und nervenaufreibend.

Also sei gewarnt, ganz nach dem Motto:
Seek and fuck

Achtung Spoiler!
Sexuelle Manipulation, physische- und psychische Ausdehnung der Empfindungen, Fesselung, Blut, Atemkontrolle, einvernehmliche Nichteinwilligung, Angstspiele, Schlange, sexuelle explizite Szenen

White Rabbit

-

Lilianna Wilde

Ava

»Ich hasse es. Wieso muss dieser Bommel genau am Hintern sitzen?«

Skeptisch schaue ich in den Ganzkörperspiegel, betrachte meinen Arsch, der nur von einem knappen Body und einer Netzstrumpfhose bedeckt wird. An dem ist ein kleiner Hasenschwanz befestigt.

»Weil es nun mal ein Bunny-Kostüm ist?« Breit grinsend sieht Tess mich an.

Ich verdrehe die Augen und wackle leicht mit dem Hintern. »Hast du mal einen echten Hasen gesehen? Damit hat dieses Outfit rein gar nichts zu tun.«

»Naja ... Du hast die typischen Ohren auf dem Kopf, den Schwanz am Po, also ... ähm ... genau die Merkmale, die für einen Hase stehen.«

Laut schnaube ich. »Du hast nur vergessen, dass in dem Body beinahe meine Brüste rausfallen, dass mein Hintern kaum bedeckt ist. Ja, ich habe den Haarreif mit den Ohren auf, aber das ist doch totaler Quatsch.«

»Es ist heiß.«

»Für dich vielleicht.«

»Es werden sicherlich auch andere so sehen.«

»Ja, weil sie besoffen sind und alles geil finden, was bei drei nicht auf dem Baum ist.«

»Mit dem Klettern hat ein Hase es auch nicht so, du solltest also auf drei so schnell wie möglich weghopsen oder dein Bau aufsuchen.« Meine Freundin bricht in einen Lachflash aus.

»Witzig, wirklich witzig.« Abermals verdrehe ich die Augen. Ist ja klar, dass sie es belustigt, während es mich rasend macht, so rumlaufen zu müssen.

Warum habe ich den Job nur angenommen, ohne vorher die Bedingungen zu kennen? Die Frage ist gewesen, ob ich Zeit und Lust habe, ein wenig Geld zu verdienen, ich müsste dafür nur auf der *Easter Party* der Studentenverbindung kellnern und dafür sorgen, dass nicht überall leere Becher liegen. Alles kein Thema. Geld kann ich nach der Wette an Halloween gut gebrauchen, denn seit ich die verloren habe, bin ich für den Einkauf zuständig.

Nur Marv, einer der Verbindungsbrüder, hat eindeutig das kleine Detail ausgelassen, dass die Kellnerinnen in Bunny-Kostümen und die Kellner nur in Shorts herumlaufen müssen.

Hätte ich das vorher gewusst, hätte ich definitiv abgelehnt. Jetzt ist es zu spät, um einen Rückzieher zu machen und da ich zu meinem Wort stehe, gibt es eh keine andere Option.

Endlich beruhigt Tess sich und das Lachen versiegt. Sie tritt hinter mich, so dass ich sie ebenfalls im Spiegel sehen kann.

»Ach komm, Ava. Du siehst fantastisch und zum Anbeißen aus. Du wirst eine Menge Trinkgeld und Handynummern zugesteckt bekommen.«

»Du weißt schon, dass niemand für die Getränke bezahlen muss, ergo es auch kein Trinkgeld geben wird?«

»Dann halt nur Nummern.«

»Pff ... als wenn ich die bräuchte.«

»Jetzt mach dir das Ganze nicht madig. Du wirst sicherlich deinen Spaß haben und dafür kassierst du ordentlich Kohle. Was will man mehr?« Sie zuckt mit den Achseln. »Denk einfach daran, wofür du das alles machst, und es fällt dir gleich leichter, mit dem Bommel am Hintern herumzulaufen.«

Sie hat doch keine Ahnung.

»Wir werden sehen ...«

»Wirst du und es wird die beste Easter Party, die du je besucht hast. Ich muss zugeben, ich bin schon ein wenig neidisch. Wir anderen wurden noch nie dahin eingeladen.«

»Ich bin ja nicht zum Feiern da, sondern zum Arbeiten.«

»Trotzdem bist du da, siehst, was in den elitären Verbindungskreisen abgeht.«

»Es sind auch nur ganz normale Menschen.«

»Das sagst du jetzt. Mal schauen, was du morgen berichtest, wenn du mir jedes kleine Detail verrätst.« Sie beugt sich zu mir vor. Ihr Mund ist nah an meinem Ohr. »Selbst die schmutzigen Sachen will ich hören.« Grinsend geht sie zurück. »Wirklich alles, Ava.«

»Ja, ja. Ich werde deine Neugier befriedigen, keine Sorge.«

»Gut. Dann sieh zu, dass du zur Party kommst, sonst bist du zu spät und verpasst alles.« Tess verlässt mein Zimmer, lässt mich allein zurück.

Sie hat recht, ich muss los, wenn ich vor Beginn vor Ort sein möchte. Dann habe ich noch etwas Zeit mich umzuschauen und mir die Getränkeliste einzuprägen.

Ein letztes Mal schaue ich in den Spiegel. »Ich hasse das Outfit noch immer«, murmle ich, reiße mich dann aber von der Spiegelung los und schnappe mir mein Handy vom Bett. Ich stecke es mir in den Schaft meiner schwarzen Chucks und verlasse ebenfalls mein Zimmer.

Nancy, Olivia und Tess stehen in den Türen zu ihren Zimmern. Sie sehen mich belustigt an und man sieht, wie sie sich verdammt viel Mühe geben, um nicht in einem Lachflash auszubrechen.

Ich zeige ihnen den Mittelfinger. »Fickt euch.«

»Wir haben dich auch lieb ...«, sagt Tess.

»... hab ganz viel Spaß ...«, ergänzt Nancy den Satz, den Oliva mit den Worten » ... und tue nichts, was wir nicht auch tun würden« beendet.

Ich öffne die Wohnungstür, bleibe auf der Schwelle stehen und schaue über die Schulter zu den Mädels. »Sollte ich bis morgen früh nicht zuhause sein, kommt mich suchen.« Ich trete in den Flur und ziehe die Tür hinter mir zu. Dennoch höre ich Tess »Im Leben suche ich sie nicht, wer weiß, in welches Bettchen sie gehoppelt ist und wir sie vorfinden.«

Zum dritten Mal in wenigen Minuten verdrehe ich die Augen wegen meiner Freundin.

Ja, ich habe gerne Spaß.

Ja, ich liebe Challenges, Wetten und Co.

Ja, ich bin kein Kind von Traurigkeit.

Aber ich gebe immer Bescheid, wenn ich bei wem anderes übernachte, damit sie sich keine Sorgen machen brauchen. Deswegen weiß ich einfach, dass sie nach mir suchen werden, wenn ich bis zum Frühstück nicht zurück bin.

***

Mit dem Tablett in der Hand schlängle ich mich durch eine Gruppe Studenten, die sich wild durcheinander über die laute Musik unterhalten.

Die Party geht bereits seit zwei Stunden und bisher ist alles wie bei einer normalen Feier auch. Keine Ausuferungen, keine extravaganten Getränke. Bier und Vodka ist der bevorzugte Alkohol.

Es bringt tatsächlich Spaß und Tess hat recht gehabt, mir sind bereits fünf Nummern zugesteckt worden.

Auf einer Seite schmeichelt es mir sehr, aber auf der anderen bestätigt es auch meine Aussage. Sie wollen alle nur ficken.

Eine Hand schließt sich um meinen Oberarm. Ich stoppe und wende mich der Person zu. Es ist Marv, der mich freundlich ansieht und sich zu mir vorbeugt. »Magst du mir noch einen Vodka Red-Bullmachen, Ava?«

»Sicher, kommt gleich.«

»Danke.«

Ich ignoriere die Blicke der anderen und gehe erhobenen Hauptes weiter durch den Raum in Richtung Theke. Dort gebe ich dem Typen, der ebenfalls für den Abend eingestellt wurde, die Bestellung durch, woraufhin er mir gleich ein bis zum Rand gefülltes Glas rüberschiebt. Ich nehme es und bahne mir einen Weg zurück zu Marv.

Es sind ein paar mehr Jungs zu ihm dazugekommen. Sind es eben vier Verbindungsbrüder gewesen, stehen nun zehn dort. Und besonders einer von ihnen sticht mir ins Auge.

Kian Seeker. Das größte Arschloch auf dem Campus, das es je gegeben hat. Und wie soll es auch anders sein, natürlich schauen alle zu ihm auf, wollen so sein wie er und jedes Mädel will ihn haben. Würg.

Ja, er hat eine dunkle Aura, die für manche anziehend sein kann. Aber macht es das wett, wie er mit jemanden umgeht? Nein.

Ich zwinge mich dazu, mein Lächeln aufrechtzuerhalten und reiche Marv seinen Drink. Dabei spüre ich, wie Kian mich mustert. Sein Blick brennt sich förmlich durch meine Haut.

»Hast du nichts Besseres gefunden, Marv?« Er klingt angewidert, so als würde er ein Stück Scheiße am Schuh kleben haben.

Mit verengten Augen sehe ich ihn an. Am liebsten würde ich Marv das Glas aus der Hand reißen und den Inhalt über Kians Kopf kippen. Doch stattdessen balle ich meine Hände an den Seiten zu Fäusten und atme tief ein und aus.

»Wieso? Ava ist doch hervorragend für den Job.«

»Aber auch nur dafür.«

Arschloch!

Ich hebe mein Kinn, funkle ihn herausfordernd an.

»Meinst du, das beeindruckt mich?«

Fest presse ich meine Zähne aufeinander. Ich hasse ihn. Er ist alles, was ich an Männer verabscheue. Überheblich, arrogant, beleidigend, ein Bad Boy durch und durch.

»Sieh einer an, das kleine Bunny kriegt ihre Lippen nicht auseinander.« Gehässig grinst er mich an.

»Ich öffne eben nicht für jeden meinen Mund.«

»Kann ich mir vorstellen. Prüde und schüchtern, zwei Attribute, die kein Mann auf dieser Welt an Frauen mag.«

Meine Nägel graben sich tiefer in meine Innenfläche. Innerlich zittere ich vor Wut.

Er kennt mich kein bisschen, ich glaube sogar, dass er noch nie zuvor je Notiz von mir genommen hat, und stellt solche Behauptungen auf.

Voreingenommen - schreibe ich gedanklich mit auf die Liste seiner Eigenschaften.

»Bisher kann ich deiner Behauptung nicht zustimmen.« Ich greife vorne in den Body hinein und ziehe die Papierschnipsel heraus. »Eins, zwei, drei, vier ... fünf. Fünf Nummer in nur zwei Stunden, ein guter Schnitt für ein prüdes und schüchternes Mädchen.« Ich zwinkere ihm zu.

»Vermutlich sind alle von dir selbst geschrieben. Erbärmlich.«

Die Verbindungsbrüder um uns herum fangen an zu lachen.

Es stachelt meine Wut weiter an. Ich koche innerlich, lasse aber nicht zu, dass man es mir ansehen kann.

»Wir können die Nummern gern ausprobieren, wenn du willst. Vielleicht ist ja jemand dabei, den du kennst.«

»Sicherlich nicht. Niemand von meinen Freunden würde dich sexy genug finden, um mehr zu wollen.«

»Wenn du meinst, ich glaube aber schon, dass mindestens einer mich vögeln will.« Ich zucke mit den Achseln.

Er verengt seine Augen minimal, so dass es einem nicht auffallen würde, wenn man nicht genau hinschaut. Aber ich tue es. Ich beobachte ihn und seine Reaktionen.

»Es muss schön sein in einer Traumwelt zu leben.«

Ich lache. »Keine Ahnung, sag du es mir.« Ich stecke die Nummern zurück in meinen Ausschnitt.

»Wie süß sie mich versucht zu provozieren. Steht hier mit einem an ihr lächerlich wirkenden Bunny-Kostüm vor mir und meint mich herausfordern zu können.«

Eins ...

Zwei ...

Drei ...

Nicht ihm an die Gurgel springen.

Vier ...

Fünf ...

Sechs ...

Einfach die anderen ignorieren. Es sind nur erbärmliche Mitläufer.

Sieben ...

Acht ...

Neun ...

Ich bin besser als er. Er hat keine Ahnung, wer ich bin, ich aber schon, wer er ist.

Ich straffe meine Schultern, stelle mich gerader hin. »Kian, kennst du den Spruch: Was sich neckt, das liebt sich?«

Leicht legt er seinen Kopf schief, seine Augen verdunkeln sich. »Klar.«

»Gut, dann würde ich an deiner Stelle mit dem Necken aufhören, sonst kriege ich noch den Verdacht, dass du mich lieben könntest.«

Middle of the Night

-

Elley Duhé

Kian

Meine Brüder verstummen, schauen mit großen Augen von dir zu mir und wieder zurück. Sie trauen sich nicht auch nur einen Mucks von sich zu geben.

Ich bemühe mich, ruhig zu bleiben, kleines Bunny. Du hast eine Grenze überschritten, von der du nicht gewusst hast, dass sie existiert. Doch nun musst du mit der Konsequenz leben, die es nach sich zieht.

Niemals darf ich zulassen, dass du damit durchkommst. Sonst würden weitere Tussis auf die Idee kommen, so mit mir umgehen zu können. Und das darf ich auf keinen Fall zulassen.

Ich habe dich unterschätzt, Ava Hide. Und ja, ich kenne deinen Namen, schließlich bist du einer der Stipendiaten, die ich tunlichst meide. Du gehörst zu der Kategorie unwürdig.

Doch du hast es gerade geschafft, dass ich wütend und fasziniert zugleich bin.

Du bist keineswegs so schüchtern und unschuldig, wie ich bisher angenommen habe. Nein, du hast es faustdick hinter den Ohren und schreckst nicht davor zurück, mit dem Stock ins Bienennest zu piksen. Nur mal sehen, wie lange du es aushältst, gestochen zu werden, bevor du ohnmächtig vor Schmerz zusammenbrichst.

Kurz lasse ich meinen Blick über dich gleiten. Du bist Standard, kein Mädchen, das in einer Menge herausstechen würde, doch irgendwas sagt mir, dass du dennoch anders bist. Und nun hast du mein Interesse, welches du niemals haben wolltest.

Ich schmunzle, als ich bemerke, wie du dein Gewicht von einem aufs andere Bein verlagerst.

Macht dich mein stumm sein etwa nervös, kleines Bunny?

Okay, ich tue dir den Gefallen und erlöse dich. Vergiss aber sofort den Gedanken, dass ich das aus Nettigkeit tue, denn ich bin nicht nett.

Ich öffne meinen Mund, will dir sagen, dass du niemals eine Frau sein wirst, die ich nur annähernd lieben könnte, da tippt mich jemand von hinten an.

Meine Kiefer mahlen. Für einen Moment starre ich dir in deine beinahe schwarzen Augen, dann wende ich mich ab und sehe den Kerl neben mir an.

»Was?«, knurre ich.

Edd weicht einen Schritt zurück, seine Augen weit aufgerissen. »Das ... das Spiel.«

Verwirrt runzle ich die Stirn. Spiel?

»Es ist gleich Mitternacht.«

Mein rechter Mundwinkel hebt sich. Es ist also gleich soweit und die alljährliche Eiersuche geht los.

Ich nicke Edd zu. »Ich komme gleich.« Kaum ist mein Verbindungsbruder wieder verschwunden, richte ich meine Aufmerksamkeit auf dich.

Eins muss ich dir lassen, die kurze Ablenkung hast du nicht dafür genutzt, um abzuhauen.

Das rechne ich dir hoch an.

»Glück gehabt, kleines Bunny. Deine Konsequenzen werden noch etwas auf sich warten lassen, erstmal habe ich etwas Besseres zu tun, als dich zu bestrafen.«

»Nenn mich nicht so!« Süß. Höre ich da ein Knurren in deiner Stimme?

Ich überbrücke die Distanz zwischen uns, du bleibst an Ort und Stelle stehen. Braves Mädchen.

Du schaust zu mir hoch und ich beuge mich nah an dein Ohr hinunter. »Ich nenne dich so, wie ich es will, kleines Bunny. Du bist in meinem Haus, du bist meine Angestellte. Du gehörst quasi mir.«

Du versteifst dich, ich grinse.

»Ich kann machen und tun, was auch immer ich mit dir will.«

Dein Brustkorb hebt und senkt sich schnell. »Niemals!«

Du verstehst es, mich zu amüsieren. Denkst du wirklich, dass ich dein *niemals* stehen lasse? Auf dich höre? Wenn ja, vergiss es ganz schnell wieder, denn ich werde es nicht tun.

»Wir werden es sehen, sobald das Spiel vorbei ist, bist du fällig, kleines Bunny.« Ich trete zurück, schaffe Distanz zwischen uns. »Sei bereit.«

Deine Augen funkeln vor Wut, was dir gut steht und dich leider sehr attraktiv macht.

Schade, dass du unter meiner Klasse bist und damit irrelevant für mich.

»Glaubst aber auch nur du, Arschloch!«

Kurz schließe ich meine Augen. Wieso kannst du es nicht sein lassen? Warum musst du es toppen und noch eins draufsetzen? Wie soll ich das so stehen lassen, ohne schwach zu wirken?

»Nenn mich noch einmal so und du wirst den Weg ins Terrarium finden. Bissy liebt Lebendfutter, vor allem, wenn sie noch ein wenig damit spielen kann.«

Bissy, meine giftgrüne Schlange ist auf dem kompletten Campus bekannt. Die meisten haben Angst vor ihr, weswegen einige Verwarnungen von der Verwaltung gekommen sind. Doch Geld und Drohungen regeln alles.

Ich warte deine Antwort nicht ab, lasse dich stehen und schlendere zum DJ-Pult. Der Typ, den Marv angeschleppt hat, hält mir das Mikrofon hin.

»Ladies und Gentlemen, es ist wieder so weit. Die Uhr hat Mitternacht geschlagen und das bedeutet, es wird gespielt.«

Jubel bricht bei denen aus, die schon mehrmals dabei gewesen sind. Fragende Blicke treffen mich von denen, die zum ersten Mal dabei sind. Nur du, Ava, du drehst dich weg, kehrst mir den Rücken und läufst davon.

Es juckt mir in den Fingern, dich auf deinen Fehler aufmerksam zu machen. Aber keine Sorge, es kommt auf meine Strichliste für später.

»Für das Verständnis der Neuen ... wir spielen ›Capture the American Flag‹, nur anders. Zwei Teams, zwei Fabergé-Eier, statt Flaggen und veränderte Regeln.« Breit grinse ich die Menge von bestimmt vierzig Leuten. »Fangen wir mit den Regeln an.« Ich lasse die Info kurz wirken, damit auch der Letzte kapiert, dass es ratsam ist, den Mund zu halten und zuzuhören. »Zwei Teams hatte ich bereits erwähnt, die werden gleich gewählt. Klar ist auch, dass man das Fabergé-Ei des anderen Teams suchen und in das Gebiet zurücktragen muss. Doch eine einfache Berührung reicht nicht aus, um jemanden ins Gefängnis zu schicken. Wir spielen nicht die Kinderversion, sondern die für Erwachsene.«

Einige »oh's« und »ah's« werden ausgestoßen.

»Das bedeutet, ein Kuss mit Zunge ist das Minimum und bestimmt, dass die Person für zehn Minuten im Gefängnis sein muss. Je höher die *Berührung*, desto höher der Aufenthalt. So wie im Originalspiel können selbstverständlich die eigenen Teammitglieder einen befreien. Dafür benötigt es eine einfache Berührung. Wir wollen ja nicht, dass ein Gangbang in unserem Verbindungshaus stattfindet und das Spiel untergeht. Somit ist auch klar, dass dieses Haus ...« Ich zeige in den Raum hinein. »... besonders dieser Bereich, das Gefängnis ist.« Ich räuspere mich. »Die Zimmer der Bewohner sind tabu! Niemand setzt einen Fuß in diese hinein, ansonsten riskiert er ein Ausschluss aus der Verbindung. Ansonsten ist der komplette Campus unser Gebiet. Jeweils zwei Personen aus den Teams gehen gleich die Eier verstecken, die man dann zu suchen hat.«

Jemand, dessen Gesicht ich nicht ausmachen kann, hebt die Hand.

Ich nicke.

»Was ist, wenn man es gefunden hat?«

»Bring es so schnell wie möglich hier her, damit dein Team gewinnt. Schaffst du es, das Ei zu finden, dein Versuch es herzubringen allerdings vereitelt wird, kann es höchstwahrscheinlich sein, dass es dann woanders liegt. Es darf dann von dem Teammitglied wo anders versteckt werden. Ich glaube, damit ist auch alles geklärt oder gibt es weitere Fragen?«

Erneut wird eine Hand gehoben, dieses Mal von einem der Mädels. Die dunkelhäutige Schönheit grinst breit. »Gibt es Grenzen bei den Berührungen?« Sie setzt das letzte Wort in Anführungszeichen.

Mein linker Mundwinkel hebt sich. »Selbstverständlich nicht. Klar ist aber, dass beide damit einverstanden sein sollten, wenn es weiter geht als ein Kuss. Vergewaltigungen sind ein No-Go und werden angezeigt. Wir sind alle hier, um gemeinsam Spaß zu haben. Will die eine Person nicht, geht man zur Nächsten. Ganz einfach.«

»Aber was ist mit der Verhütung?«, ruft ein Typ in den Raum.

Ich seufze, was man laut durch die Lautsprecher hört. »Jeder ist selbst dafür verantwortlich, was und wie er es tut.« Mein Blick gleitet über die Personen. »Sonst noch Fragen? Ansonsten würde ich mit den Teams weitermachen.«

Eine einstimmiges »Nein« ertönt.

»Gut.« Ich zeige auf Marv und er setzt sich in Bewegung, kommt zu mir.

»Marv und ich sind dieses Jahr die Teamleader und wählen abwechselnd die Mitglieder.«

Mein bester Freund stellt sich neben mich und schnappt sich das zweite Mikrofon. »Dann wollen wir endlich mal loslegen.«

Nach und nach wählen wir. Bisher sind unsere Teams sehr ausgeglichen, bei mir sind zwei Mädchen mehr als bei ihm, dafür hat er zwei Jungs mehr drin.

Drei Personen stehen noch in der Mitte.

Ich hebe eine Augenbraue und sehe zu meinem Freund, dem es scheinbar ebenfalls aufgefallen ist, wenn ich seine gerunzelte Stirn richtig deute.

»Einer fehlt.«

Er nickt.

»Wer?« Wir haben die Einladungen gut ausgewählt und genau ausgerechnet, wie viele Personen eine bekommen, damit die Aufteilung hinhaut.

Marv zuckt mit den Schultern. »Keine Ahnung.«

»Dann wird ein Team halt eine Person weniger haben müssen, falls die fehlende nicht wieder auftaucht.«

»Okay.«

Ich bin an der Reihe. Genaustens mustere ich den Rest, der noch vor uns steht. Es ist wie damals im Sportunterricht, wo die schwächsten bis zum Schluss übriggelassen werden.

Das Mädchen ist zu dünn für meinen Geschmack und würde ich ihr so über den Campus begegnen, würde sie mir nicht auffallen. Sie muss eine der Schwesternverbindungen angehören, ansonsten kann ich mir nicht erklären, weswegen sie hier ist.

Ich schaue mir den Typen neben ihr an. Breit und extrem muskulös. Er wird sich nicht schnell bewegen können, aber ist noch immer eine bessere Wahl als das Mädel.

Der andere Typ, Tim, ist einer meiner Verbindungsbrüder; er hat nach einer Partynacht vor knapp zwei Wochen einen Unfall gehabt, weswegen er auf Krücken unterwegs ist.

So leid es mir auch für ihn tut, ich zeige auf den Breitgebauten. »Du!«

»Yes, danke man!« Er läuft zu den anderen aus meinem Team.

Ich nicke nur und warte, bis Marv seine Wahl bekannt gibt. Selbstverständlich nimmt er das Mädel, weswegen ich Tim in mein Team hole.

»Dann sind wir -«

»Ich nehme sie.«

Ruckartig schaue ich zu Marv, folge seinem ausgestreckten Arm.

Meine Augen treffen auf deine, kleines Bunny.

Du bist scheinbar in den Raum getreten, als ich damit beschäftigt gewesen bin, auf Tim zu deuten.

»Ich nehme Ava.« Mit deinem Namen auf seinen Lippen, macht es mir deutlich, wen er meint.

Mein »Das geht nicht!« Und Avas »Ähm ... sicherlich nicht« kommen gleichzeitig.

Tief sauge ich die Luft in meine Lungen. »Sie ist keine eingeladene Person.«

»Ha! In den Regelwerken steht nirgends, dass die Person eingeladen sein muss, lediglich, dass sie anwesend sein muss. Somit kann Ava am Spiel teilnehmen und die Teams wären gleich groß.«

Ich drehe mich zu meinem Freund. »Nein!«

»Dieses Mal, mein Kumpel, tue ich nicht das, was du willst. Es wurde fair gewählt und meine Entscheidung steht.«

Mein Blick gleitet zurück zu dir.

Jegliche Farbe weicht aus deinem Gesicht.

Du hättest niemals den Raum betreten dürfen. Du gehörst nicht zu diesem Spiel.

»Ich mache bei dem Mist nicht mit.« Braves Mädchen. Wenigstens bist du schlau genug, dich nicht darauf einzulassen. Blöd nur, dass, wenn du einmal gewählt bist, es kein Zurück mehr gibt. Du musst spielen, ob du willst oder nicht.

»Doch wirst du«, knurre ich. Mir passt es auch nicht, dass du dabei bist, aber du wirst die Regeln nicht brechen.

»Da muss ich Kian leider Recht geben, du wirst mitspielen müssen. Sorry.« Ich höre die Belustigung in seinen Worten. Ihm scheint es Spaß zu bringen mich überlistet zu haben.

Na warte, Wichser! Das wirst du büßen.

»Ich bin hier, um zu arbeiten und nicht um Spielchen zu spielen. Auf keinen Fall mache ich mit!«

»Fang keine Szene an, das macht dich nur noch unattraktiver als ohnehin schon.«

Deine Augen funkeln mich herausfordernd an. Komm, sag, was dir auf der Zunge liegt, mach die Liste deiner Verfehlungen länger, damit ich mich nicht zurückhalten muss, wenn ich dich kriege.

»Es hat einen Vorteil, wenn du mich hässlich findest, ich habe Ruhe vor dir.«

Wenn du nur wüsstest, kleines Bunny. Mit deiner Art hast du mein Interesse geweckt. Ob es gut oder schlecht ist, wirst du gleich sehen.

»Du hast doch nur Angst, dass du mir nicht widerstehen kannst, sollte ich es bei dir versuchen wollen..«

Die Köpfe der anderen schwenken wie bei einem Tennisspiel hin und her.

»Sorry, aber mein Ziel ist es nie gewesen, eine Kerbe in deinem Bettpfosten zu sein. Außerdem ist mir die Gefahr von Geschlechtskrankheiten zu hoch.«

Fest presse ich meine Zähne aufeinander.

Noch ein Fehler, denn du zu spüren bekommst. Ich sag's dir, bald bist du an dem Punkt, wo du es nicht mehr lebend hinausschaffst.

»Da hält sich jemand für etwas ganz Besonderes. Denkt, dass sie besser als all die anderen Mädels am Campus ist. Dabei ist sie von der niederen Schicht, Abschaum.«

Gelächter erfüllt den Raum.

»Okay ... okay ... kommt beide wieder runter«, grätscht Marv dazwischen. »Wir haben alle kapiert, dass ihr euch nicht ausstehen könnt und so unterhaltend das Ganze auch ist, wir haben ein Spiel zu spielen.«

»Dann lass uns endlich beginnen«, presse ich hervor.

Du reckst dein Kinn. »Dann lass die Spiele beginnen.«

Keine Ausflüchte, kein abhauen, du willst es wirklich durchziehen. Fein. Du wirst verlieren. Dafür sorge ich.

»Wer geht bei dir verstecken, Kian?«

»Edd und Sidney.«

»Gut, bei mir sind es Ava und ich.«

»Du verarschst mich, oder?« Ich spreche so leise, dass nur mein Freund und ich es hören.

»Nein, aber zu wissen, dich damit triggern zu können, macht das Ganze gleich viel geiler.«

»Du wirst es bereuen.«

»Glaube nicht.«

»Sie ist leicht zu knacken, ich werde in null Komma nichts das Ei gefunden und gewonnen haben.«

»Ich bin gespannt, wie du es anstellen willst.« Lachend verlässt er seinen Platz und geht mit Ava aus dem Raum. Bevor er das Verbindungshaus verlässt, ruft er über die Schulter hinweg: »Denk an die Regeln, Seeker.«

Sick

-

Adelina's Way

Ava

Angespannt warte ich, bis es losgeht. Die Fabergé-Eier sind versteckt und alle wieder im Wohnzimmer versammelt.

Ich könnte mir noch immer in den Arsch beißen, dass ich nicht hartnäckiger gewesen bin und nun dieses kack Spiel mitspiele.

Kaum sind Marv und ich aus dem Verbindungshaus gewesen, hat er mich ignoriert. Ich habe alles versucht, um ihn umzustimmen, aber es hat ihn nicht interessiert. Er hat nur etwas von »so sind die Regeln« gefaselt und mich stehen lassen.

Scheiß auf die Regeln!

Wieso hat er mich überhaupt erst gewählt? Ich habe nicht darum gebeten, ein Teil von alldem zu sein. Eigentlich sollte ich nur kellnern, mehr nicht. Wie konnte das Ganze nur aus dem Ruder laufen?

Derjenige, der als neutraler Schiedsrichter ausgesucht wurde, stellt sich zum DJ. Es ist der andere Kellner. Der Glückspilz braucht nicht über den Campus jagen und ein dummes, viel zu überteuertes Ei suchen.

Er nimmt das Mikrofon in die Hand. »Ich fühle mich geehrt, dass ich der diesjährige Bewacher des Gefängnisses, sowie der Entgegennehmer des Ei's bin und schwöre hiermit feierlich, dass ich meinen Pflichten gewissenhaft nachkommen werde.« Hört er sich eigentlich selbst zu? Was erzählt er da für einen Scheiß?

Ich schalte ab, blende ihn aus und beobachte die Menschen um mich herum.

Sie sind größtenteils aus reichem Hause oder sind in hochrangigeren Verbindungen. Kein Normalo ist unter ihnen, bis auf mich. Ich bin auch die Einzige, die ein Kostüm anhat und am meisten Haut zeigt. Die Mädels sind zwar freizügig gekleidet, doch wird mehr bedeckt als bei mir.

Wird bestimmt spaßig da draußen, zum Glück ist es nicht ganz so kalt. Ebenfalls bin ich ganz froh darüber, meine Chucks, statt die Pumps angezogen zu haben, die Tess mir versucht hat anzudrehen. In den Schuhen die Nacht über den Campus zu rennen, wäre der Tod für meine Füße gewesen.

»Go!«, schreit der Kellner.

Erschrocken zucke ich zusammen und brauche eine Sekunde, um zu realisieren, dass das Spiel begonnen hat.

Zehn Minuten bleiben uns, um in alle Richtungen auszuschwärmen, ehe man gefangen genommen werden kann.

Der Lautstärkepegel erhöht sich, die einen kreischen, die anderen rufen jemand anderes etwas zu. Einige rennen bereits aus dem Haus auf den Campus.

Ich bleibe stehen. Da meine Lust zu wünschen übrig lässt, habe ich keine Eile. Soll mich doch jemand ins Gefängnis befördern, dann brauche ich wenigstens nicht draußen rumlaufen.

Als jedoch nur noch wenige übrigbleiben und allen voran Seeker, überdenke ich meine Meinung. Mit ihm bleibe ich sicherlich nicht allein zurück. Da friere ich mir lieber meinen bebommelten Hintern ab.

Ich drehe mich um, laufe Richtung Tür.

»Versteck dich in deinem Bau, kleines Bunnylein, denn ansonsten werde ich dich wie ein Wolf übers Feld jagen.« Spott schwingt in deiner Stimme mit.

»Leere Worte, nichts als leere Worte.« Mein Weg führt mich zum Uni-Gebäude. Es steht in der Mitte des Gebiets, das zu dem Spiel gehört. Von hier aus kann ich in alle Richtungen flüchten und mich umsehen.

Ich beobachte die anderen im Schein der Laternen, wie sie rumwuseln und hinter Gebüschen schauen, Sträucher beiseiteschieben und auf Bäume klettern. Alle sind auf der Suche nach diesen beschissenen Eiern.

Was hat es nur mit diesem Spiel auf sich? Was bring es, ihnen daran teilzunehmen?

Von irgendeinem Mädchen, das an mir vorbeihuscht, schnappe ich auf, dass noch drei Minuten Zeit sind, bevor es richtig losgeht. Ich verdrehe die Augen, gehe dennoch weiter und Richtung Baseballfeld. Mein Plan: Bei der hintersten Ecke anfangen und mich zurück zum Hauptgebäude vorarbeiten. Das systematisch wiederholen, bis ich das beschissene Ei gefunden habe.

Die Geräusche werden leiser, die Personen, die meinen Weg kreuzen, weniger. Hier und da höre ich ein Knacken, was mich ständig umsehen lässt.

Es ist merkwürdig, so allein auf dem Campus mitten in der Nacht zu laufen. Klar, ich bin nicht wirklich allein, noch neunundddreißig weitere Studenten geistern hier herum, dennoch ist niemand an meiner Seite.

Das letzte Mal, als ich um diese Uhrzeit das Gelände überquert habe, waren meine Freundinnen dabei.

Ein lauter Schrei hallt von den Gebäuden wider. Ich bleibe stehen, drehe mich im Kreis und versuche auszumachen, von wo es herkommen könnte. Doch niemand ist weit und breit zu sehen.

Gänsehaut breitet sich auf meinem Körper aus. Ich reibe mir über die nackten Unterarme.

»Fuck, worauf habe ich mich nur eingelassen?«, murmle ich und laufe weiter.

Immer wieder schaue ich über meine Schultern, gehe sicher, dass niemand dort ist. Beim Baseballfeld angekommen, laufe ich es ab. Auch, wenn das Fabergé-Ei gegenüber eines normalen Ei's groß ist, ist es für die Größe des Feldes zu klein, um von einer weiteren Distanz sofort erkennbar zu sein.

Erfolglos verlasse ich die erste Station auf meinem Plan und trete auf den schwach beleuchteten Weg zurück.

Aus dem Augenwinkel bemerke ich eine Bewegung im Schatten und husche zurück zum Trainerhäuschen. Langsam atme ich ein und aus, ehe ich vorsichtig um die Ecke spähe.

Eine große, breit gebaute Person schlendert gemütlich den Gehweg entlang. Die Kapuze über den Kopf gezogen, sehe ich nur die schwache Bewegung, wie er nach links und rechts schaut. Abrupt dreht er sich um. Schnell ziehe ich mich zurück und presse mich dicht an die Wand des Gebäudes.

Fuck, hoffentlich hat er mich nicht gesehen.

Hektisch lasse ich den Blick hin und her gleiten. Suche einen Ausweg aus meiner Situation.

Wenn er mich gesehen hat, wird er gleich zu mir kommen und bei meinem Glück ist es kein Teammitglied, weswegen ich garantiert ins Gefängnis wandere.

Allein bei der Vorstellung, von einem völlig Fremden geküsst zu werden, läuft ein Schauer über meinen Rücken. Wer weiß, wo er seine Lippen bereits hatte. *Würg.*

Schnell schiebe ich den Gedanken beiseite und konzentriere mich auf mein Problem.

Ich habe genau zwei Möglichkeiten. Eine wäre, ich bleibe stehen und hoffe, dass er mich nicht wahrgenommen hat und weitergeht. Und die andere wäre die Flucht. Nur, wenn ich jetzt losrenne, wird er mich garantiert sehen und mir hinterherjagen. Bis zum nächsten Versteck müsste ich bestimmt an die hundert Meter rennen.

Mist! Warum bin ich auch unbedingt ins Wohnzimmer gelaufen, als die Idioten ihre Mitglieder gewählt haben? Ich bin so dumm.

Angespannt lehne ich meinen Hinterkopf an den rauen Stein und lausche den Schritten des Studenten, die sich rasch nähern. Im schnellen Rhythmus hebt und senkt sich meine Brust. Mein Puls schnellt in die Höhe, rauscht leise in meinen Ohren.

»Bitte geht weiter, bitte geh weiter ...« Ich halte die Luft an, als seine Schritte vom Knirschen des Sandes begleitet werden. Er hat also den geteerten Weg verlassen und nimmt den Pfad zum Baseballfeld.

Fuck!

Ganz nach dem Motto: ›Wenn ich dich nicht sehe, kannst du mich auch nicht sehen‹, schließe ich meine Augen und drücke mich noch fester an die Wand.

Ich bilde mir ein, seinen Atem hören zu können, spüre, dass er nur noch wenige Meter von mir entfernt ist.

Jeden Moment wird er mich entdecken.

Jeden Moment wird er mich schnappen und küssen.

Jeden Moment ...

Taste of You

-

Reza ft Dove Cameron

Kian

Er hat dich gleich, kleines Bunny.

Bist du schon nervös, was er mit dir machen wird? Glaubst du, er wird dich packen, gegen die Wand drücken und dir fest seine Lippen auf den Mund drücken? Oder denkst du, dass er dich tatsächlich verschonen wird?

Wer ist es? Wen erwartest du? Mich? Oder einen anderen Verbindungsbruder?

Grinsend lehne ich mich gegen die Laterne.

Wie wirst du wohl reagieren, wenn dir gleich klar wird, dass ich es nicht bin? Denn gib es zu, insgeheim hoffst du, in meine Fänge zu geraten. Meine Finger, die dich berühren. Wünschst dir, ich wäre derjenige, der dich küssen wird.

Dein Pech nur, dass es Edd ist, der dir auflauert.

Fünf Schritte und er hat dich. Fünf Schritte, in denen du dir überlegen kannst, ob du wirklich bereit für das bist, was unweigerlich geschehen wird.

Er ist in meinem Team, kleines Bunny. Ich habe ihn vorgeschickt, um deine Reaktion abschätzen zu können. Denn ich muss wissen, wie weit du zu gehen gedenkst, um dein Geheimnis zu wahren.

Du bist diejenige gewesen, die für dein Team das Fabergé-Ei versteckt hat. Ich bin mir ziemlich sicher, dass es so ist. Marv hasst es, sich Gedanken über ein Versteck zu machen, deswegen geht er dem aus dem Weg, wo er es nur kann. Er will den Spaß, will einfach nur spielen.

Aber du bist schlau, sonst hättest du das Stipendium nicht. Du hast bestimmt ein ideales Versteck gefunden.

Zuerst bin ich gewillt gewesen, in die entgegengesetzte Richtung von dir zu laufen, denn wer würde an den Ort zurückkehren, wo er seinen Schatz abgelegt hat? Doch du bist nicht wie die meisten Frauen. Du würdest sicherlich die umgekehrte Psychologie anwenden, weil du vermutest, dass jeder so, wie ich anfangs denken würde.

Edd steht an der Ecke. Sein Blick gleitet zu mir. Ich nicke und er tritt hervor.

»Da bist du ja.«

Du schreckst auf, siehst ihn mit weitgeöffneten Augen an. Genau zwei Sekunden benötigst du, um deinen Schock zu verarbeiten, und dann rennst du wie ein verängstigtes Häschen los.

Ich lache. Dunkel und laut.

Hast du wirklich gedacht, dass er an dir vorbeilaufen wird? Dummes, dummes, kleines Bunny.

Edd bleibt stehen, auch er lacht. Unser Plan ist aufgegangen und jetzt mal schauen, wo du uns hinführst.

Ich folge dir mit den Augen.

Deine Brüste hüpfen beinahe aus dem trägerlosen schwarzen Body. Die Bunny-Ohren wackeln hin und her. Du schaust nicht einmal zurück, sondern siehst verbissen nach vorn.

Du wirkst beinahe süß, aber wirklich nur beinahe.

Ich stoße mich von der Laterne ab und gehe dir langsam hinterher. Bisher hast du noch keinerlei Notiz von mir genommen, was gut ist. So fällt es mir leichter, dir zu folgen. Du verschwindest zwischen mehreren kleinen Uni-Gebäuden.

Ich beschleunige meine Schritte und schlängle mich ebenfalls zwischen ihnen hindurch. Kaum lasse ich die ersten beiden Häuser links und rechts hinter mir, vernehme ich mehrere weibliche Stimmen. Nur dich kann ich nirgends ausmachen. Du bist spurlos verschwunden. Ich bleibe stehen, drehe mich im Kreis und scanne die Eingänge und Ecken ab. Nichts.

»Fuck!«, knurre ich, was die drei Mädels auf mich aufmerksam macht.

Sie starren mich an, die eine in der Mitte legt ihren Kopf schief. Mit der linken Hand ziehe ich die Kapuze tiefer ins Gesicht, will verhindern, dass sie erkennen, wen sie vor sich stehen, haben. Sie sind unwichtig und ich will keine Zeit damit verschwenden, sie abschütteln zu müssen. Ich will dich finden, dich in meine Finger kriegen und dir das Geheimnis entlocken, damit ich gewinne.

Denn ich gewinne jedes beschissene Jahr, seit ich die Tradition an Ostern ins Leben gerufen habe.

Ein Mädchen erkennt mich, ich sehe es daran, dass sich ihr rechter Mundwinkel hebt und sie ihre Lieder leicht schließen. Wieso denken alle Frauen immer, dass das sexy auf uns Männer wirkt?

Innerlich verdrehe ich die Augen und kehre ihnen den Rücken zu. Sie haben keine Priorität, sie bringen mich nicht weiter.

Ich spüre, wie sie sich an mich heranschleichen, also setze ich mich in Bewegung.

Wo steckst du, kleines Bunny? Welches Loch hast du gewählt, in das du dich verkrochen hast?

Langsam schreite ich die Häuser ab, immer darauf achtend, dass ich genügend Abstand zu dem lästigen Anhängsel hinter mir habe.

Kaum erspähe ich Edd nicht unweit von mir, winke ich ihn her.

Wie ein braves Hündchen schlendert er zu mir.

»Was gibts, Seeker?«

Ich nicke zur Seite, da, wo mittlerweile die Mädels stehen. Sie trauen sich nicht, den ersten Schritt zu machen. Niemand nähert sich mir, wenn ich es nicht ausdrücklich möchte. Ich bin derjenige, der sich nimmt, was er will, und ich will dich, Ava Hide.

»Schaff sie mir vom Hals.«

Edd sieht von ihnen zu mir. »Wird erledigt.« »Gut!« Mit dem Wort lasse ich ihn stehen.

Etwas links von mir erregt meine Aufmerksamkeit. Ich drehe mich und siehe da, da bist du wieder.

Dieses Mal gebe ich dir keine Gelegenheit, dich wieder verstecken zu können. Ich setze mich in Bewegung, renne dir hinterher.

Du beschleunigst deine Schritte, schlägst Haken.

Süß, du siehst nicht nur wie ein Häschen aus, du benimmst dich sogar so.

Ich lasse dir den kleinen Vorsprung und treibe dich weiter. Vorbei an anderen Spielern, zwischen Gebäuden hindurch, bis ich dich da habe, wo ich dich haben will. Ich hole auf und tippe dir auf die rechte Schulter.

Du kreischst auf und änderst sofort die Richtung. Rennst nach links.

So ist es gut.

Wir nähern uns dem Footballfeld. Du hältst weiter darauf zu.

»Bist du dir sicher, dass du das willst?« Du hebst deine Hand und zeigst mir den Mittelfinger.

Eine weitere Verfehlung, die bestraft werden will. Deine Liste wird immer länger und länger. Soll mir recht sein, je mehr draufsteht, desto mehr Spaß werde ich haben.

Wir kommen an der Tribüne an. Du schlüpfst unter einer Querstrebe durch. Gerade so kann ich stoppen, ehe ich dagegen laufe.

»Versteck dich nur, kleines Bunny. Ich werde dich dennoch finden.« Langsam gehe ich hinter den Bänken entlang und bringe meinen abgehakten Atem unter Kontrolle. Dabei blende ich alles andere um mich herum aus und lausche nur deinen Schritten.

Lauf ruhig so schnell du kannst, du kommst eh nicht weit.

Ungefähr bei der Hälfte zwänge ich mich durch die Streben. Schwach scheint das Licht der Gehweglaternen unter die Tribüne und ermöglicht es mir, genug zu sehen, um allen weiteren Streben auszuweichen, die tiefer entlanglaufen.

Wusstest du, dass vor kurzem die Seite zur Umkleide dichtgemacht wurde? Du hättest besser die Unizeitung lesen sollen, dann wärst du in keine Falle getappt.

Du wirst langsamer und mein Grinsen breiter. Hast du dein Problem erkannt? Pech, jetzt ist ein Entkommen nicht mehr möglich. Kein vor und zurück möglich. Der Hase sitzt in der Falle.

Ich lasse dir den Moment der Erkenntnis, bis ich mich mit einem Räuspern auf mich aufmerksam mache.

Ruckartig drehst du dich um, deine beinah schwarzen Augen weit aufgerissen, starrst du mich wie das Reh im Scheinwerferlicht an.

Ich stoppe nicht, schreite weiter auf dich zu. Höre deine hektischen Atemzüge.

Für jeden Schritt, den ich nach vorne gehe, machst du einen nach hinten, bis du zwangsläufig an der geschlossenen Seite stehen bleiben musst.

Dein Brustkorb hebt und senkt sich heftig, wodurch deine Brust droht aus dem Body zu fallen. Mein Blick haftet sich auf die helle gespannte Haut.

»Ich dachte, ich bin nicht attraktiv genug für einen Kian Seeker. Warum also jagst du mich über das Gelände?«

Ich schaue hoch, zu deinem Gesicht, das du trotzig nach oben gereckt hast. Du willst mir also die Stirn bieten. Okay, versuch es, heul aber nicht, wenn du scheiterst.

»Das hat andere Gründe.« Mein linker Mundwinkel hebt sich. »Und es hat rein gar nichts mit deinem Aussehen zu tun.«

»Sicher? So wie du auf meine Brüste geschaut hast, glaube ich eher, dass es genau der Grund ist.« »Nein. Ich gebe zu, ich war kurz abgelenkt und habe mich gefragt, ob die kleinen Dinger überhaupt rausfallen können.«

Du verengst die Augen. Wenn Blicke töten können, würde ich sicherlich auf der Stelle umfallen.

»Aber der wahre Grund ist, dass ich von dir wissen will, wo du das Ei versteckt hast. Also sagst du mir, wo ich es finde?«

»Erst mich beleidigen und dann noch Informationen haben wollen? Sorry, aber so toll bist du nun auch nicht, dass ich vor dir auf die Knie falle und dir meine dreckigsten Geheimnisse verrate.«

»Die will ich auch nicht wissen. Mir reicht es, wo das Versteck ist. Für den Rest bist du zu prüde und uninteressant, als würde es mich auch nur im Geringsten interessieren.«

»Wenn das so ist, muss ich dir leider mitteilen, dass du mir umsonst wie ein läufiges Hündchen hinterhergerannt bist.« Ein Grinsen schleicht sich auf deine Lippen. »Ich habe es nicht versteckt, das war Marv.«

Ich trete näher an dich heran, verringere die Distanz, so dass wir beinahe Nase an Nase stehen. Meine Arme stemme ich neben deinem Kopf links und rechts gegen die Wand und beuge mich zu dir hinunter. »Soll man lügen, kleines Bunny?«

Dein Atem kommt stoßweise, trifft auf meine Haut. Fest starrst du mir in die Augen. Dunkelbraun trifft auf Dunkelgrau.

»Sag du es mir, Seeker.« Du leckst dir über deine vollen Lippen. »Soll man flunkern?«

Ich dränge mich näher an dich und flüstere: »Marv versteckt nie das Ei, er ist daran nicht interessiert. Also verrate mir, wo es ist und dann ...«

»... Was und dann? Lässt du mich gehen?« Harsch lachst du auf. »Jeder würde sofort wissen, dass ich die Petze war und mich genau das spüren lassen. Da nehme ich lieber das geringere Übel. Dich.«

Ich packe dich am Kinn. »Du denkst, ich bin das wirklich, oder? Sorry, kleines Bunny, ich enttäusche dich nur ungern, aber du hast echt keine Ahnung.«

»Ach nein? Womit willst du mich quälen? Mit einem Kuss, der mich kaltlassen wird? Drohst du mir mit Sex, der niemals so stattfinden wird? Oder ist es doch eher körperlicher Schmerz, den ich mit einem Lächeln ertragen werde?«

Du willst mich reizen, oder? Du liebst es, mit Raubtieren zu spielen, dabei solltest du als kleiner Hase aufpassen nicht gefressen zu werden.

Mein Griff um deinen Kiefer wird fester. »Wollen wir testen, ob deine Behauptungen wahr sind?« Ich distanziere mich ein wenig von dir, damit ich dir in die Augen schauen kann. »Du hast jetzt noch die Chance, unversehrt davonzukommen oder -«

»Sonst was? Zeigst du mir deine ach so dunkle Seite? Uhhhh ... ich zittere schon vor Angst.« Wut kocht in mir hoch. Niemand wirklich niemand hat bisher so mit mir gesprochen und das aus genau einem Grund. Sie kennen die Konsequenzen. Aber die wirst du jetzt ebenfalls zu spüren bekommen.

Ich werde dir zeigen, dass du keinesfalls so immun gegen mich bist, wie du behauptest, denn du bist wie jedes x - beliebige Mädchen, das wie Wachs in meinen Händen wird.

Fest drücke ich meine Lippen auf deine, packe dich an den rabenschwarzen Haaren und ziehe deinen Kopf in den Nacken. Mit der Zunge zwinge ich dich, deinen Mund zu öffnen.

Du willst mich dir entziehen, presst deine Lippen zusammen und drückst mit deinen Händen gegen meinen Brustkorb.

Nachdrücklich zerre ich weiter an deinem Haar.

Dein Mund öffnet sich zu einem Schrei.

Ich nutze die Gelegenheit und gleite mit meiner Zunge hinein. Deine schnellt hervor, trifft auf meine.

Du stemmst dich gegen mich, willst mich von dir schieben, aber ich lasse es nicht zu. Zeitgleich fechten wir mit unseren Zungen ein Duell aus und starren uns mit festen Blicken in die Augen.

Meine freie Hand lasse ich zu deinem Ausschnitt gleiten, fahre den Saum deines Bodys entlang.

Ich spüre die Gänsehaut, die sich unter meinen Fingerkuppen ausbreitet. Deine Bemühungen mich von dir zu stoßen, ebben ab, deine Zunge wird nachgiebiger, sanfter.

So kalt lasse ich dich wohl doch nicht, was?

Minimal lockere ich meinen Griff, dafür krallst du dich in meinem Hoodie und ziehst mich nun an dich.

Sieh einer an, so schnell kann aus einem ablehnenden Bunny ein Williges werden.

Ich schmunzle in den Kuss hinein, den ich für meinen Geschmack viel zu gut finde.

Laut keuchst du, als ich den Body runterziehe und deine Brüste entblöße. Ich lege meine Hand um die rechte, knete und wiege sie. Sie ist größer, als ich angenommen habe. Gefällt mir.

Du drückst dich meiner Hand entgegen. Ich tue dir den Gefallen und gebe dir mehr. Zwirbel deinen Nippel zwischen meinem Daumen und Zeigefinger. Stimuliere dich, bis du dich gegen mich sinken lässt.

Mein Schwanz wird hart, drückt gegen den Stoff meiner Hose. Aber es ist mir noch nicht genug. Ich will mehr. So viel mehr. Ich will sehen, wie du in meinen Armen zerfällst, dich gehen lässt und erkennst, dass du wie jede andere bist, die mir nicht widerstehen kann.

Ich gleite mit der Hand an deinem Oberkörper nach unten, bis ich an deiner Mitte ankomme. Dort wiederhole ich das Verfahren und streiche an dem Saum entlang.

Dein Keuchen wird zum Stöhnen. Deine Hüften drücken sich nun gegen meine Hand. Ich gleite unter die erste Schicht Stoff, suche eine Masche deiner Netzstrumpfhose und dehne sie mit zwei Fingern aus, damit ich besseren Zugang habe. Anschließend schiebe ich deinen

Slip beiseite, befreie deine Pussy von dem Stück Spitze. Mit einem Finger fahre ich deine Schamlippen entlang, streiche sie, ehe ich in deine Nässe gleite.

Du beißt mir auf die Lippe, was ich mit einem Knurren quittiere.

Immer wieder schiebe ich meinen Finger rein und raus, nehme einen zweiten dazu. Mehr und mehr verliert dein Körper an Spannung, lässt sich von mir leiten und benutzen.

Unser Kuss wird drängender, dein Atem schneller. Dein Blick ist verschleiert. Und ich spüre, wie sich deine inneren Wände zusammenziehen. Du bist kurz davor zu kommen. Es fehlt nicht mehr viel, das weiß ich. Doch bin ich bereit, dich so weit gehen zu lassen, dich zu erlösen?

Mein Rhythmus wird langsamer.

»Schneller«, keuchst du sogleich. Ob dir bewusst ist, was du gerade gesagt hast? Und was es dir an Strafe einbringen wird?

Ich entziehe mich dir, beende den Kuss und lehne mich an dich. Dicht an deinem Ohr flüstere ich: »Keuscher Kuss fünf Minuten. Kuss mit Zunge, zehn Minuten. Berührung der nackten Brüste, fünf. Berührung deiner nackten Pussy, zehn. Mit dem Finger in dich eindringen fünfzehn Minuten. Betteln um einen Orgasmus, zwanzig Minuten.« Ich stoße mich von der Wand ab. »Das wären insgesamt fünfundsechzig Minuten, die du im Gefängnis verbringen musst, wenn dich niemand vorher befreit.« Dein Blick klärt sich, du scheinst endlich zu kapieren, was ich dir sage. Du öffnest deinen Mund, schließt ihn aber sogleich.

Breit lächle ich dich an. »Dir zeigen, dass du unrecht hast, Genugtuung für mich.«

Make Hate to Me

-

Citizen Soldier

Ava

Langsam sickern seine Worte in meinen Kopf. Nehmen Gestalt an und zeigen mir die hässliche Wahrheit.

Ich bin schwach gewesen, habe zugelassen, dass er mich an Stellen berührt, die auf ewig Tabu für ihn hätten sein sollen. Ich bin sogar so weit gegangen, dass ich beinahe gekommen wäre. Fuck!

Für einen Moment schließe ich die Augen und versuche meinen schnellen Atem unter Kontrolle zu bekommen. Ich muss mich zusammenreißen, zurück zu der Ava finden, die ich bis vor dem kleinen Ausrutscher gewesen bin.

»Fick dich, Seeker!«

Er lacht dunkel und rau.

Sofort jagt ein Schauer durch meinen Körper und lässt mich erzittern. Wieso muss er einen Nerv bei mir treffen, bei dem ich auf ihn reagiere? Er sollte mich kaltlassen, mich abstoßen und anekeln. Doch das Gegenteil ist der Fall.

Allein seinen Geschmack noch auf der Zunge zu haben, die Nachwehen seiner Berührungen zu spüren und die Sehnsucht nach einem Orgasmus in mir zu fühlen, lassen mich beinahe meine Prinzipien vergessen. Wie gern würde ich mich an seinen Hals werfen und beenden, was er begonnen hat?

Doch dann kommt mir sein letzter Spruch wieder in den Sinn. Die Genugtuung, die er dabei ausgestrahlt hat.

Aus minimal zusammengekniffenen Augen starre ich ihn an, mustere ihn so gut es in dem Laternenschein geht.

Er lehnt lässig und entspannt an einer Querstrebe, schaut mich überheblich und zugleich belustigt an. Am liebsten würde ich ihm diesen Gesichtsausdruck aus dem Gesicht schlagen.

Schatten hüllen ihn teilweise ein, verschmelzen mit seiner locker anliegenden schwarzen Jeans und dem gleichfarbigen Hoodie. Die Kapuze ist ein wenig zurückgerutscht und offenbart sein dunkelbraunes bis schwarzes kurzes Haar.

Er ist alles, was ich an Männern verabscheue und doch ist er rein optisch genau das, was ich bevorzuge.

»Fertig mit deiner Musterung?«

Ich zucke mit den Schultern. »Klar, ist ja nichts Interessantes gewesen«, sage ich betont lässig, als hätte ich eben nicht den Gedanken gehabt ihn bespringen zu wollen.

»Gut, dann kannst du dich vielleicht auf dich konzentrieren.«

Verwirrt runzle ich die Stirn.

Sein Blick wandert nach unten und er nickt leicht in Richtung meines Oberkörpers.

Ich folge seinen Augen, schaue nach unten und … Fuck! Blitzschnell ziehe ich meinen Body nach oben, bedecke meine nackten Brüste.

Wie zur Hölle habe ich das vergessen können?

Wieder lacht er. »Hab ich dich so durcheinandergebracht oder dachtest du, mit deinen kleinen Titten kriegst du mich dazu weiter zu machen?«

Ich hasse ihn. Abgrundtief.

Ich richte mich auf, stelle mich gerade hin. Dabei ignoriere ich meinen feuchten Slip, der nun unangenehm an meiner Mitte reibt, auch, wie meine harten Nippel gegen den Stoff drücken. Mit der linken Hand bringe ich auch untenrum meine Kleidung wieder an die richtige Position. Recke mein Kinn nach oben und funkle ihn wütend an. »Um weitermachen zu wollen, müsste das, was ich bis jetzt bekommen habe, gut genug gewesen sein und das war es nicht.«

»Lügen und noch mehr Lügen.« Er verschränkt seine Arme vor der Brust. »Eben noch, sich wie ein williges Bunny sich an mich schmiegen und mehr verlangen und jetzt kratzbürstig wie ein verschmähtes Kätzchen. Gib einfach zu, dass dir gefallen hat, was ich getan habe. Desto eher akzeptierst du, dass du niemals gegen mich gewinnen wirst.«

Wie von selbst wandert meine linke Augenbraue hoch. »Ach, ist dem so?«

Mein Ehrgeiz meldet sich, flutet meinen Körper und löst das bisschen Lust, was noch in mir geschlummert hat, ab.

»Ich gewinne immer, Ava Hide.«

Niemals werde ich zulassen, dass er gewinnt. Ganz egal, was es mich kosten wird.

»Wenn du dich dieses Mal nicht irrst, Kian Seeker.«

»Ich habe immer Recht, kleines Bunny. Und damit du es kapierst, solltest du dich an die Regeln halten und deinen Arsch ins Gefängnis befördern oder willst du eine zweite Kostprobe deiner Niederlage haben?«

»Fick dich!«

»Vielleicht ficke ich dich beim nächsten Mal. Mal schauen, wie zuvorkommend gleich die anderen Mädels sind.« Er zwinkert mir zu.

Ich stoße mich von der Wand ab, gehe auf ihn zu. »Und wieder einmal beweist du mir, dass nichts als heiße Luft hinter deinen Worten steckt.« Mit dem Zeigefinger fahre ich über seine Brust. »Du willst mich.« Ich lecke mir über die Unterlippe. »Wirst mich aber niemals haben.« Mit festen Schritten schreite ich an ihm vorbei, ducke mich unter einer Strebe durch und verlasse den unteren Bereich der Tribüne.

Spieler kommen mir entgegen, rennen an mir vorbei, andere erwische ich, wie sie sich küssen und ein Paar sogar, dass an einen Baum gelehnt fickt.

Niemals hätte ich damit gerechnet, heute Abend sowas zu erleben. So ein Spiel zu spielen. Und doch hat Seeker es geschafft, dass ich ein Teil des Ganzen sein möchte. Aber nur, weil ich ihm eine Lektion erteilen will. Ihm zeigen möchte, dass jeder verlieren kann. Auch, wenn es mich einiges kosten wird, ich über meine Schatten springen muss, werde ich alles daransetzen, ihm einen Dämpfer zu verpassen.

Schneller als gedacht betrete ich das Verbindungshaus und stelle mich ins Wohnzimmer, das als Gefängnis dient. Fünfundsechzig Minuten, in denen ich sich vor ihm bin und mir einen Plan ausdenken kann. Vorausgesetzt natürlich, ich bleibe so lange hier drin.

Fünfundsechzig Minuten, in denen Seeker über das Gelände streifen und nach dem Fabergé-Ei suchen wird. Vergebens, denn er wird niemals herausfinden, wo es ist.

Lächelnd lehne ich mich an den Türrahmen, ignoriere die anderen Spieler und warte darauf, dass jemand aus meinem Team kommt, um mich zu befreien. Und sollte ich wieder raus sein, schwöre ich mir, vorsichtiger als gerade eben zu sein.

Ich werde mich besser verstecken, ihn im Auge behalten und dabei das Ei suchen. Kian Seeker wird es nicht leicht haben mich zu finden, denn wenn mir eins bewusst ist, dann, dass er es auf mich abgesehen hat. Und das beschissene Ei ist nur eine fadenscheinige Ausrede, um nicht zugeben zu müssen, dass er sehr wohl an mir interessiert ist.

»Wer wird wohl der bessere Spieler von uns beiden sein, Kian Seeker? Und bist du bereit alles dafür zu tun, um zu gewinnen?«

Trophy

-

TAELA

Kian

Wo könntest du es versteckt haben, kleines Bunny?

Die Baseball- und Footballfelder kann ich ausschließen, auch in der näheren Umgebung des Uni-Gebäudes ist nichts gewesen.

Ich verlasse die Seite der Sportler und laufe Richtung der Botaniker. Normalerweise meide ich dieses Gebiet. Es ist für die verrückten Naturliebhaber und bis auf zwischendurch Mal einen Joint rauchen, habe ich nichts mit Pflanzen zu tun. Aber ich muss alles absuchen, keine Stelle auslassen, denn ausgerechnet dort könnte dein Ei liegen.

Sidney kommt mit wiegenden Hüften auf mich zu stolziert. Ein breites Lächeln schmückt ihr Gesicht. »Und wie läufts, Seeker?«

»Könnte besser sein.«

»Bei den Frauen oder bei der Suche?«

»Beides?!« Ich zwinkere ihr zu.

»Huh? Sag mir nicht, Kian Seeker, konnte noch keinen wegstecken?« Sie lacht.

Aus verengten Augen sehe ich sie mahnend an.

Sie ist in meinem Team, was aber noch lange nicht heißt, dass ich ihr alles durchgehen lasse. Ich mag Sidney, sie ist sowas wie ein Freund für mich. Die Einzige, die es bis zu dieser Kategorie bisher geschafft hat. Liegt eventuell auch daran, dass wir nie zusammen in der Kiste gelandet sind. Sie hat seit der Unterstufe in der High School einen Freund, dem sie treu ergeben ist.

Eine Schande für uns anderen Männer, denn sie ist ein wahrer Traum von einer Frau, mit ihren leichten Rundungen und den langen Beinen. Das komplette Gegenteil von dir, kleines Bunny. Du bist etwas kleiner, hast mehr Kurven und bist ein dunkler Typ, wo Sidney ein heller Sonnenschein ist.

»Sorry«, presst sie zwischen zwei Lachsalven hervor.

»Du kannst dich wieder beruhigen. Ich habe ein Ziel vor Augen und bisher war nicht die richtige Gelegenheit sie zu überfordern.«

»Erzähl mir mehr.«

»Keine Zeit«, brumme ich. Es könnte sein, dass du jeden Moment befreit wirst. Das will ich auf keinen Fall verpassen.

Sidney schaut sich um. »Hier ist niemand, also wieso die Eile?«

»Wollen wir gewinnen oder nicht?«

»Selbstverständlich, aber bisher sieht es nicht so aus, als würden wir verlieren.« Freude schwingt in ihrer Stimme mit.

Ich hebe eine Augenbraue.

»Wir stehen quasi bei unserem Ei. Uns würde keineswegs entgehen, wenn jemand diesem zu nahe kommt.«

Genervt schnaufe ich. »Rede nicht um den heißen Brei. Wo ist es?«

Sie zeigt in die Richtung, wo es liegt, und ich nicke als Zeichen des Verstehens.

»So und nun wieder zu dir. Wer ist deine Auserwählte?«

»Die Kellnerin.«

»Ava Hide?«

»Ja!«

Nun liegt es an ihr, die Augen zu verengen. Falten legen sich auf ihre Stirn. »Wieso ausgerechnet sie? Du verabscheust Stipendiaten und meidest sie wie die Pest.«

»Sie weiß, wo deren Ei liegt. Und wie du sicherlich weißt, will ich gewinnen.«

Ihr Gesichtsausdruck erhellt sich. »Ahh ... jetzt verstehe ich. Du bleibst bei der alten Masche, vernaschst diejenige, die es versteckt hat, entlockst ihr den Ort und lässt sie auflaufen?«

»So in der Art.«

»Was lässt du denn aus? Das Ficken? Oder das Küssen?« Wieder lacht sie.

Genervt verdrehe ich die Augen. »Ich tue alles, was mir den Sieg einbringt, egal, ob es Spaß bringt oder nicht.«

»So muss jeder seine Opfer bringen, Seeker.«

Laut schnaube ich.

»Apropos Opfer, bleibst du hier und passt auf? Dann schaue ich mich nach meinem Freund um.«

»Wenn es sein muss.«

»Ich bin auch nicht lange weg. Ein kurzer Quickie und ich bin zurück. Ehrenwort.«

»Dann sieh zu. Ich habe noch einiges vor, bevor der Tag anbricht.« Ich muss dich zum Beispiel finden, kleines Bunny.

»So unentspannt. Sollte eines der Mädels vorbeikommen, tue mir bitte den Gefallen und nimm sie dir.« Mit diesen Worten verschwindet sie in die Nacht und lässt mich stehen.

»Ein Gefallen fordert immer einen Gegengefallen«, rufe ich ihr nach.

Da mir keine andere Wahl bleibt, verziehe ich mich in die Schatten und lehne mich an einen Baum.

Du musst kurz warten, kleines Bunny. Aber ich verspreche dir, sobald Sidney zurück ist, finde ich dich.

Es dauert nicht lange, da vernehme ich Stimmen. Meine Neugier ist geweckt.

Vorsichtig trete ich zwischen den Bäumen hindurch, pirsche mich an die zwei Personen an, die vor dem Labyrinth stehen und miteinander reden.

Die Stimmen werden deutlicher und ... Fuck!

Wie hast du es geschafft, so schnell herzukommen? Und wer hat dich so schnell befreit? Die bessere Frage, wieso habe ich es nicht mitbekommen, dass du nun schon so weit bist?

Ich trete aus den Schatten heraus und in den Lichtkegel der Laterne.

Du stoppst im Reden, wendest deinen Blick von dem Typen vor dir ab und siehst zu mir. Ein Lächeln breitet sich auf deinem Mund aus, du hebst deine Hände und legst sie auf die Wangen des Kerls.

Das wagst du nicht!

Langsam beugst du dich vor und siehst mir dabei in die Augen.

Er legt seine Hände an deine Hüften.

Ich balle meine Hände an den Seiten zu Fäusten. Ein merkwürdiges Gefühl nimmt von mir Besitz, was mir ganz und gar nicht gefällt. Eilig schiebe ich es beiseite, blende es aus und gehe weiter auf euch zu.

Du stoppst nicht, verringerst weiter die Distanz zwischen euch, bis deine Lippen auf seine treffen.

Eine Sicherung brennt in mir durch. Wut rauscht durch meine Adern. Meine Kiefer mahlen aufeinander.

Ich kenne die Regeln, weiß was dieser Kuss bedeutet. Dennoch hast du gerade eine Grenze überschritten, von der du nichts geahnt hast. Von der ersten Sekunde an, wo du dieses beschissene Fabergé- Ei versteckt hast, hast du mir gehört. Das wissen alle, die das Spiel bereits gespielt haben. Nur scheinbar du nicht.

Meine Schritte werden größer, besonders, als du ihn weiter küsst, obwohl bereits klar ist, dass er ins Gefängnis muss.

Du tust es, um mich zu reizen oder kleines Bunny?

Ich komme bei euch an, reiße meinen Verbindungsbruder an der Kapuze zurück. Er ist gezwungen dich loszulassen. Angepisst dreht er sich zu mir um. »Was -« Seine Augen weiten sich, als er scheinbar realisiert, wer vor ihm steht.

»Seeker.« Er spricht meinen Namen ehrfürchtig aus. So wie es beinahe alle Frischlinge tun, die meinen Ruf kennen. Außer du. Du hast keine Sekunde lang Ehrfurcht gezeigt, wobei das besser für dich gewesen wäre. Die Verfehlungen auf deiner Liste wären bei weitem weniger gewesen als jetzt. Jetzt, wo noch ein weiterer Strich mit dem Kuss dazugekommen ist.

Ist dir eigentlich bewusst, dass du dafür bezahlen wirst?

Der Kerl, dessen Namen mir entfallen ist, tritt zurück. »Sorry, ich wollte dich ni-«

Mit einer Handbewegung stoppe ich ihn im Satz. »Verpiss dich!«, knurre ich, woraufhin er so schnell er kann, wegrennt.

Mein Blick gleitet zurück zu dir. Du bist stehen geblieben, das rechne ich dir hoch an. Wobei ich mir, wenn ich du wäre, Gedanken um meinen Überlebensinstinkt machen würde. Keiner würde an Ort und Stelle bleiben, wenn man mich zuvor gereizt hat.

»Du hättest laufen sollen, als du es noch konntest«, sage ich mit bedrohlicher Stimme und gehe die wenigen Schritte auf dich zu.

Nach wie vor bleibst du stehen und siehst mich mit einem Funkeln in den Augen an.

Ich stoppe dicht vor dir, schiebe meine Kapuze nach hinten und beuge mich zu dir runter. »Du hattest die Chance.«

»Dieses Mal werde ich gewinnen.« Du packst mich am Nacken, krallst deine Nägel in meine Haut und stellst dich auf die Zehenspitzen. Deine Lippen prallen auf meine, ehe ich dich stoppen kann.

Fuck, kleines Bunny. Du legst es wirklich drauf an, die schlechteste Seite in mir hervorzurufen. Provozierst mich in einer Tour und kratzt verdammt stark an meiner Selbstbeherrschung.

Ich will dich an den Haaren packen, doch du beendest schnell den Kuss und duckst dich unter meiner Hand hinweg. Du schaffst Distanz zwischen uns und grinst mich überheblich an. »Es sind zwar nur fünf Minuten, aber die werden mir die nötige Zeit verschaffen, um zu siegen!«

»Glaubst du das wirklich?« Ich mache einen großen Schritt vor und du einen zurück.

»Ja!« Du drehst dich um, willst mich stehen lassen.

Denkst du, wir sind miteinander fertig? Noch lange nicht!

Ich packe dich an deinem Handgelenk, zerre dich zurück und verhindere, dass du ins Labyrinth läufst.

Du stemmst dich dagegen, allerdings sind deine Bemühungen vergebens. Ich besitze mehr Kraft, sodass du stolpernd hinter mir herkommst.

Weiter und weiter entfernen wir uns von dem Irrgarten, bis wir bei den Statuen am Anfang des Botanik Gebiets ankommen.

Ruckartig werde ich von dir gestoppt. Ich schaue über die Schulter und sehe, wie du deine freie Hand um die Steinflamingostatue geschlungen hast.

Tief atme ich ein und aus. Bis mir ein anderer Gedanke kommt.

»Bist du dir sicher, dass du das willst?«

»Du schummelst!«, meckerst du, was mich grinsen lässt.

»Nein. Genaugenommen steht im Regelwerk nichts darüber, dass ich meine Beute nicht mit zum Gefängnis nehmen kann. Es sagt nur, dass ich meine Suche abbrechen und mich an den ausgemachten Punkt begeben muss.«

Du vergisst, dass ich derjenige gewesen bin, der sie erfunden hat. Ich kenne sie in- und auswendig, habe mir Tage den Kopf über sie zerbrochen. Schlupflöcher für mich eingebaut und andere verhindert.

»Bringt es überhaupt Spaß, wenn man sich es hinbiegt, wie man will?«

Ich schiebe dich zurück, so dass du mit dem Rücken an die Statue stößt, und kessele dich mit meinem Körper ein. Mit der linken Hand greife ich nach deinem Kinn und raune ein »Ja!«, ehe ich deine Lippen mit meinen verschließe.

Du magst mich ins Gefängnis gebracht haben, davor werde ich aber sorgen, dass nur noch Leere in deinem Kopf herrscht. Ich werde dich ficken, dich vergessen lassen, wo du zuletzt warst, und erst dann werde ich gehen, nur um dich dann erneut zu suchen.

Beautiful Things

-

Benson Boone

Ava

Freiwillig öffne ich meinen Mund, lasse zu, dass er mit seiner Zunge in mich eindringt. Viel zu sehr erinnert sich mein Körper daran, was er beim letzten Mal in mir ausgelöst hat.

Zuerst langsam, dann hemmungsloser nimmt Seeker sich, was er von mir will. Und ich gebe es ihm. Unsere Zungen umkreisen sich, stupsen sich an und fechten anschließend ein Duell aus.

Er drückt mich weiter gegen den Flamingo und ich spüre, wie sein Brustkorb sich hebt und senkt.

Ich schließe meine Augen, lasse mich in den Moment fallen. Genieße das Ziehen in meinem Unterleib, die seine Berührungen in mir hervorrufen.

Seine freie Hand streicht meine Seite auf und ab.

Mein Atem beschleunigt sich, meine Brüste drücken sich gegen ihn.

Ich packe ihn am Nacken, vergrabe meine Nägel in seine Haut. Er stöhnt auf, was mich in den Kuss lächeln lässt.

Seeker zieht sich ein Stück zurück. »Das wirfst du

büßen, kleines Bunny.« Beinahe schmerzhaft beißt er in meine Unterlippe, ehe er wieder seine Zunge in meinem Mund schiebt.

Immer diese leeren Drohungen, denke ich. Bisher hat er nichts in die Richtung getan und wird es sicherlich auch nicht.

Er lässt mein Kinn los und greift nach meinem Handgelenk. Ich lasse los, woraufhin er meine Hand nach oben an den Hals der großen Statue presst.

Meine andere lockere ich von seinem Nacken und auch die findet dank ihm ihren Weg nach oben. Mit seiner Hand pinnt er sie dort fest, so dass ich sie nicht wegziehen kann.

Ich bäume mich ihm entgegen. Freudige Erwartung flutet mich und Feuchtigkeit sammelt sich in meiner Mitte.

Seeker streicht weiter über meine Seite, quält mich mit seiner Langsamkeit und sendet gleichzeitig einen Schauer nach dem nächsten durch mich.

Windend versuche ich seinen Griff zu lösen, was er nicht zulässt, stattdessen nur noch fester zupackt. Dafür bringt er etwas Distanz zwischen unsere Körper, seine Hand verschwindet von meiner Taille.

Ich reiße die Augen auf, schaue in seine, die durch die Schatten dunkler und gefährlicher wirken.

Er grinst mich an. »Nur Geduld, kleines Bunny.«

»Wird es wieder so eine Nummer, wie unter der Tribüne? Wenn ja, dann lass uns das hier gleich abblasen. Auf so einen Scheiß habe ich keinen Bock.«

»Gut, du hast keinerlei Mitspracherecht.« Er zwinkert mir zu, ehe er in meinen Schritt greift und an dem Stoff meines Bodys reißt. Die Druckknöpfe lassen nach, der Body öffnet sich.

Überrascht schreie ich auf.

Er lässt meine Hände los und sieht mich eindringlich an. »Die bleiben, wo sie sind.«

»Was, wenn nicht?«

Minimal verengen sich seine Augen, das Grinsen wird breiter. »Wirst du merken, was passiert.« Seine raue dunkle Stimme jagt einen Schauer durch meinen Körper und verstärkt das Ziehen in meiner Mitte.

Er geht vor mir auf die Knie und fasst an den Bund meiner Netzstrumpfhose. Langsam schiebt er sie über meinen Hintern hinunter, bis runter zu meinen Füßen.

Kurz sieht er zu mir hoch. »Scheiß drauf.« Er packt erst das rechte Bein, reißt knapp über meinem Schuh an dem Material, bis es nachgibt und nur eine Art Socke zurückbleibt. Beim anderen Bein verfährt er ebenfalls so.

Kräftig schlucke ich. Einerseits entsetzt, was er da soeben getan hat und andererseits angeturnt davon, dass ein Stück Stoff ihn nicht aufhält.

Er streicht an meinem Bein hoch. Weiter und weiter, bis er bei meiner Mitte angekommen ist. Meinem Slip ereilt das gleiche Schicksal, wie meiner Strumpfhose. Sie landet zu meinen Füßen auf dem Boden. Kurz stockt Seeker, doch dann findet sein Finger meine Pussy.

Laut stöhne ich auf.

Er schiebt sie in mich, nur um dann wieder rauszugleiten. Mehrmals wiederholt er es, dabei schaut er mir tief in die Augen.

Der Drang, sie zu schließen, und es zu genießen wird stärker, doch ich gebe dem nicht nach.

Seeker beugt sich vor, seine Nase berührt mein Schambein. Er leckt über meinen Kitzler und gleichzeitig dringt er mit zwei Fingern erneut in mich.

Ich werfe meinen Kopf nach hinten gegen die Statue und drücke ihm meinen Unterleib entgegen.

Sanft beißt er in meinen Kitzler. Mein Schrei geht in ein Keuchen rüber, als er sogleich den Schmerz weg leckt.

Schneller und schneller treibt er mich höher.

Meine Beine zittern, mein Atem geht stoßweise. Das Ziehen geht zu einem Kribbeln über. Die Lust hat mich komplett gefangen genommen.

Automatisch greife ich nach seinem Haar, suche Halt in ihnen.

Sofort hört Seeker auf, seine Zunge verschwindet von meiner Pussy.

Schnaubend schüttelt er den Kopf. »Ich wusste, du kannst nicht hören.«

Mir wird mein Fehler in dem Moment bewusst und ich könnte mir dafür in den Arsch beißen. Ich war so knapp davor zu kommen und jetzt?

Argh.

Mit der kaputten Strumpfhose in der Hand steht er auf. Meine Hände gleiten von seinem Kopf und fallen zu meinen Seiten.

Er schaut von oben auf mich herab, mustert mich.

Ich recke ihm mein Kinn entgegen. Bin zu stolz zu zeigen, dass ich es bereue.

»Du liebst es mich zu reizen, vielleicht solltest du die Konsequenzen endlich zu spüren bekommen.«

Wieder nur leere Worte. Ich verdrehe die Augen. Als wenn er etwas tun würde.

So langsam glaube ich, dass die Mädels alle keine Ahnung haben, was geil ist. Denn das, was Kian Seeker hier abzieht, nervt. Dieses Heiß-Kalt-Spiel ist ätzend und schnell langweilig.

Ja, seine Ausstrahlung mag bedrohlich sein. Aber ansonsten?

Ehe ich reagieren kann, schnappt Seeker meine Handgelenke und pinnt sie abermals an den Hals der Steinstatue. Er positioniert sich so, dass er sie mit einer Hand halten kann. Mit seinem Gesicht kommt er mir so nahe, dass unsere Lippen sich beinahe berühren.

»Ich habe dich gewarnt, kleines Bunny.«

Ich spüre, wie etwas um meine Gelenke gelegt und dann straffgezogen wird. Verwirrt runzle ich die Stirn. »Was ...?«

Er hat doch nicht wirklich meine Strumpfhose genommen, um mich zu fixieren?

What the fuck?

Leicht berührt sein Mund meinen. »Jetzt bleiben sie da, während ich mir nehme, was ich will.« Mit jedem Wort streichen seine Lippen über meine, lenken mich von dem ab, was er mir sagt.

»Und damit fangen wir an.« Er entblößt meine Brüste, nimmt die Rechte in die Hand und wiegt sie. Mit den Fingerkuppen seiner anderen fährt er meinen Arm entlang, bis er über meine Schulter an meinen Hals angelangt. Er schlingt seine Finger um ihn und drückt leicht zu.

Ich öffne meinen Mund, stöhne. Sofort nutzt er es aus. Seine Zunge gleitet hinein und zwingt mich zu einem Kuss.

Fest kneift er meinen Nippel. Süßer Schmerz rast von dort in meine Mitte, facht die Lust wieder an.

»Mehr«, keuche ich in den Kuss, worauf er meine Brust loslässt und seine Hand zwischen uns gleitet.

Erst raschelt, dann klimpert es, ehe das Ratschen vom Reißverschluss zu hören ist. Seeker streift seine Hose ein bisschen nach unten.

Ich will nach unten schauen, will seinen Schwanz sehen. Doch sein Griff um meinen Hals wird fester, zwingt mich, weiter in seine Augen zu gucken.

Er packt mich am Oberschenkel, vergräbt seine Hände in mein Fleisch und hebt mein Bein hoch. Ich schlinge es um ihn, gleichzeitig zerre ich an den Fesseln. Ich will ihn berühren, mich an ihm festhalten.

Mit seinem Körper presst er mich an den Stein. Und dann dringt er ohne Vorwarnung kräftig in mich ein. Seine Härte dehnt mich bis aufs Äußerste.

Laut stöhne ich, zerre kräftiger an den Fesseln.

Gnadenlos stößt er immer wieder zu. Gleitet rein und raus. Fickt mich gegen die Statue.

Ich schließe meine Augen. Reiße sie aber sofort wieder auf, als er mir die Luftzufuhr zudrückt. Zufrieden brummt er und lässt etwas locker.

Er beschleunigt seinen Rhythmus. Ich komme ihm mit den Hüften entgegen, heiße jeden Stoß willkommen.

Mehr und mehr baut sich die Spannung in mir auf. Das Kribbeln kehrt zurück und ich habe das Gefühl, die Lust nimmt überhand, wird mich verschlingen.

Unser beider Keuchen vermischt sich im Kuss.

Mir ist heiß und kalt zugleich. Ich weiß nicht, wo ich anfange und aufhöre. Alles, was ich wahrnehme, ist er.

Der Botanik Garten, die Statue, die Geräusche der anderen Spieler, das Zirpen der Tiere, all das tritt in den Hintergrund.

Meine inneren Wände ziehen sich zusammen, meine Zehnen rollen sich ein.

»Sag mir, wo das Ei ist!«, presst er zwischen zusammengebissenen Zähnen heraus.

Ich schüttle den Kopf.

Seeker wird schneller und härter. Sein Griff wird fester, ich bekomme kaum Luft.

Ich sollte mich wehren, ihn von mir stoßen, es unterbinden, dass er solch eine Macht über mich hat. Doch stattdessen lasse ich es zu, was er mit mir anstellt. Ignoriere das Rauschen des Blutes in meinen Ohren, den Pulsschlag, der schneller wird und auch die schwarzen Punkte, die in meinem Blickfeld auftauchen. Dafür heiße ich den Push meiner Lust und das Adrenalin willkommen.

Ich zittere, halte es kaum noch aus. Und dann lasse ich endlich los. Der Orgasmus überrollt mich, reißt mich mit in die Tiefe. Laut schreie ich ihn hinaus. Falle und falle weiter, während ich versuche, meine Arme zu befreien, um mich festzuhalten. Mich davon abzuhalten weiter zu fallen.

Zweimal stößt er noch zu, dann verharrt er. Seine Augen verdunkeln sich ein Stück, doch er hält weiterhin den Blickkontakt aufrecht. Mit einem Keuchen folgt er mir über die Klippe.

Unser beider Atem geht abgehakt. Wir starren uns an.

»Fuck«, keucht er.

Nur kurz gibt er mir einen Moment, um wieder klarzukommen, bevor er sich ruckartig aus mir herauszieht und mein Bein von sich schiebt. So, als wäre ich eine lästige Fliege, die er loswerden will.

Leere überkommt mich sogleich.

Seeker schaut mich aus verengten Augen an, zieht seine Hose hoch und schließt sie wieder. Ohne ein Wort zu sagen, geht er. Lässt mich an der Statue angebunden stehen.

Geschockt schaue ich ihm hinterher. Mein Mund öffnet und schließt sich. Mir fehlen die Worte. Nein, mein noch von Lust vernebeltes Hirn, will keine hervorbringen.

Eine kühle Brise erfasst mich. Macht mir nur zu deutlich, dass ich kaum angezogen bin. Ein Schauer lässt mich zittern. Meine Nippel stellen sich auf. Gänsehaut überzieht meinen kompletten Körper.

Fuck!

Wie zur Hölle bin ich nur in diese beschissene Situation gekommen?

Ich sehe mich um und suche ... ja was genau? Ihn?

Ein verzweifeltes Lachen bricht aus mir heraus.

Er wird nicht wiederkommen. Hätte er mich losbinden wollen, hätte er es getan. Seeker will mich bestrafen, mir die Konsequenzen für mein Handeln spüren lassen.

Kräftiger zerre ich an der Fessel.

Frustriert schnaube ich, als sich der Knoten keinen Millimeter zu lockern scheint.

Mir muss schleunigst etwas einfallen, damit ich den Hauch einer Chance habe, zu gewinnen. Wenn ich bis morgen früh hier hänge, werde ich das beschissene Ei nicht finden. Dabei habe ich mir zum Ziel gesetzt, zu gewinnen. Dafür muss ich aber erstmal hier loskommen und es finden.

Fuck!

Abermals versuche ich, die Strumpfhose loszuwerden, und scheitere wieder. Scheinbar bleibt mir nichts anderes übrig, als hierzu bleiben.

Keine Ahnung, wie viel Zeit vergangen ist, aber plötzlich höre ich Stimmen, die näher kommen.

Neue Hoffnung sammelt sich in mir. Sie können mich losbinden.

Tief atme ich ein und aus. Will schreien, stoppe dann aber, als mir wieder in den Sinn kommt, wie ich an dieser Statue gepinnt bin. Brüste und Intimbereich komplett entblößt.

Shit!

Verzweiflung nimmt von mir besitz. Ich winde mich so heftig in meiner Fessel, dass mein Handgelenk zu schmerzen beginnt.

Die Stimmen werden deutlicher.

Ich zerre und zerre.

Bitte, lass sie mich so nicht sehen.

Ich drehe mich, so dass sie, wenn nur meinen Hintern zu Gesicht bekommen. Mit meiner neuen Position fällt es mir leichter, den Knoten zu sehen.

Mittlerweile höre ich die Stimmen so laut, dass die Personen gleich bei mir sein müssten.

Ich stütze meine Ellenbogen an den Stein und benutze sie, um eine Hebelwirkung zu erzeugen. Gleichzeitig ziehe ich meine Handgelenke zu mir an den Körper. Die Bänder schnüren sich in meine Haut. Schmerz schießt durch meinen Körper. Ich beiße die Zähne zusammen, gebe keinen Mucks von mir.

Plötzlich spüre ich, wie der Stoff nachzugeben scheint. Ich verstärke meine Bemühungen und endlich gibt die Strumpfhose nach. Sie reißt und durch den Ruck, habe ich Mühe, nicht nach hinten zu fallen.

Personen treten in den Lichtschein. Schnell ziehe ich meinen Body über meine Brüste und schließe die Druckknöpfe in meinem Schritt.

»Ava«, ruft einer der beiden Personen mit tiefer Stimme. Sie kommen auf mich zu.

Erleichtert, dass ich es rechtzeitig geschafft habe, stelle ich mich gerade hin.

Marv und ein weiterer Verbindungsbruder bleiben vor mir stehen. »Alles okay bei dir?«

Ich nicke.

Ihre Blicke gleiten über mich, bis Marvs zu meinen Füßen stockt. Seine Augen weiten sich. Ich sehe runter und ... Fuck, mein Slip!

»Ähm ...«

»Alles ist erlaubt, Ava. Mach dir da keine Gedanken drum.«

Verlegen lächle ich die beiden Typen an. Keine Gedanken drum machen? Ha, die sind vielleicht witzig. Wenn sie wüssten, wie knapp es gewesen ist, dass sie mich in einer sehr misslichen Lage entdeckt hätten, würden sie nicht sowas sagen.

»Wirklich, Ava, wir verurteilen niemanden.«

»Wie sollten wir auch, wenn wir nichts anderes als sie machen?«, mischt sich der andere ein.

Also ist es normal, dass jeder jeden vögelt?

»Okay.«

»Hast du eine Ahnung, wo das Ei ist?«

»Nein, ihr?«

Beide schütteln sie den Kopf.

»Na gut, dann suchen wir mal weiter. Pass auf dich auf und halte dich von Seeker fern.«

Für den Tipp kommt ihr eindeutig zu spät, würde ich am liebsten sagen, doch stattdessen verlässt ein »werde ich machen« meinen Mund.

Sie nicken und verschwinden dann wieder. Sie sind wirklich komplett ahnungslos, oder? Wie soll man Kian Seeker meiden, wenn er es auf einen abgesehen hat?

Kurz warte ich, bis ich Marv und den anderen Typen nicht mehr ausmachen kann, dann setze ich mich in Bewegung, trete auf den Weg zurück zum Labyrinth.

Ich habe gelogen, ich habe eine Ahnung, wo das beschissene Ei ist, und ich werde es mir schnappen. Egal, was es mich kosten wird, ich will Kian Seeker verlieren sehen. Vor allem, nachdem was er eben mit mir getan hat.

Es dauert nicht lange, da habe ich die Hälfte des Labyrinths durchquert. Mit der Handytaschenlampe leuchte ich hin und her. Etwas blitzt auf. Ich stürze mich darauf und ... Vorfreude durchströmt mich. Ehrfürchtig ziehe ich das Fabergé-Ei aus seinem Versteck.

Es ist schwarz mit silbernen Verzierungen. Edelsteine runden das Ganze ab und lassen es noch wertvoller erscheinen. Ein kleines Scharnier ist im oberen Drittel angebracht. Ich öffne den Deckel und entdecke einen Zettel dort drin.

Was könnte das sein? Ist das der Gewinn des Spiels?

Neugierig greife ich rein, meine Finger berühren das Papier.

»Du hättest es nicht finden sollen!« Tief und leise dringt eine allzu mir bekannte Stimme an mein Ohr.

Ich schaue auf, strahle mit dem Licht in die Richtung, aus der ich die Person vermute und schaue direkt in die dunklen Augen von Seeker.

Fuck!

Love the Way You Hate Me

-

Like A Storm

Kian

Glückwunsch, kleines Bunny, du hast es geschafft. Du hast das Ei gefunden. Freu dich für den Moment, denn du wirst es gleich wieder verlieren.

Aus großen Augen schaust du mich an.

Ich hebe einen Mundwinkel. Hast du etwa gedacht, ich werde ewig im Gefängnis sein? Fünf Minuten sind schnell um, da hat mich nicht mal jemand befreien müssen.

Du ziehst deine Hand aus dem Fabergé-Ei und schließt es wieder.

Braves Mädchen.

Fest presst du es an dich.

Glaubst du, es wird mich davon abhalten, es mir zu nehmen? Du solltest mittlerweile wissen, dass ich das Sagen habe.

Du stehst auf.

»Was hast du vor? Willst du wie ein Angsthase wegrennen?« Ich lache kurz auf. »Oder möchtest du es mit mir aufnehmen?«

Du gehst einen Schritt zurück.

»Was möchtest du, Ava Hide?«

Störrisch, wie du bist, reckst du dein Kinn nach vorn. »Gewinnen!«

Erneut lache ich kurz auf. »Als wenn ich das zulassen werde.«

Du siehst dich um, der Schein deiner Lampe folgt der Bewegung. Dir scheint dein Fehler aufzufallen, denn plötzlich schaltest du die Taschenlampe aus. Wir stehen im Dunkeln und nur der Mond spendet etwas Licht.

Was hast du jetzt vor, kleines Bunny?

Ich warte. Warte, bis du den ersten Schritt machst.

Es dauert nicht lange, da vernehme ich deine Schritte. Du entfernst dich von mir, rennst weg.

»Das hättest du nicht tun sollen«, rufe ich dir nach und setze mich langsam in Bewegung.

Du kommst nicht weit, rennst in die falsche Richtung. Der Ausgang ist hinter mir, du hättest an mir vorbeigemusst.

Ich könnte mein Handylicht anschalten, doch dann würde ich dir verraten, wo ich mich befinde, und wo bleibt dann der Spaß?

Kies knirscht unter deinen Chucks, während man meine Schritte kaum wahrnehmen kann.

Ich taste mich an der Hecke entlang, nur, um die Orientierung nicht zu verlieren. Wo ich hinmuss und wie das Labyrinth aufgebaut ist, weiß ich. Endlich kommt die gewünschte Einkerbung in der Hecke. Wenn man nicht wüsste, dass sie da ist, sieht man sie nicht. Man würde denken, da ist falsch geschnitten worden, aber das ist sie nicht. Es ist ein kleiner Durchgang für die Botaniker, damit sie nicht immer den ganzen Weg gehen müssen, wenn sie ihre Studien machen.

Einen Moment lausche ich noch deinen Schritten, ehe ich zwischen die Äste schlüpfe und abkürze. Wenn ich mich nicht verschätze, müsstest du gleich ... Ich liege richtig, kaum trete ich aus der Hecke, läufst du in mich rein.

Du schreist auf, ich lache.

»Damit hast du nicht gerechnet, oder?«

Du schlägst auf meine Brust ein. »Fick dich! Fick dich! FICK DICH!«

Wieder lache ich.

»Das ist nicht witzig. Du hast mich zu Tode erschreckt.«

»Das war Sinn der Sache. Ich habe dich vorgewarnt.«

Deine kleine Hand zieht sich von meiner Brust weg. »Fick dich!«

»Kannst du auch noch etwas anderes sagen? Zum Beispiel wo euer Ei ist, damit ich es mir holen kann?«

»Ich werde dir sicherlich nicht verraten, wo es ist. Und besonders nicht, wenn ich im Begriff zu gewinnen bin.«

Ich schnaube. Du und gewinnen, kleines Bunny? In deinen Träumen vielleicht, aber nicht in der Realität. Oder hast du deine momentane Lage vergessen. Du stehst vor mir, keinen Schritt entfernt. Ich brauche dich nur zu schnappen, dir das Ei aus den Armen zu reißen und zu küssen. Dann bist du für fünf Minuten aus dem Spiel und ich kann den Schatz wieder verstecken. Ganz einfach.

»Du verlierst, kleines Bunny. Ich bin der, der siegt. Immer. Merk dir das.« Ich greife nach dir und erwische ein Bündel deines Haars. Fest ziehe ich daran, lotse dich zu mir. Du gibst widerstandslos nach, bis du keinen Schritt näher gehen kannst, weil das Ei zwischen unseren Körpern es verhindert.

Ich lasse dein Haar los, streiche über deine Wange, bis hin zu deiner Lippe. Fahre über sie. Deine Zunge schnellt hervor, trifft auf meine Fingerkuppe.

Ich mag es, wenn du so reagierst, wie ich es will. Wie du zu Wachs in meinen Händen wirst und jeder Berührung entgegenkommst.

Es ist ein Spiel, das ich perfekt beherrsche. Deswegen sind mir die Frauen so verfallen. Und du bist nun eine davon, die nicht mehr genug von mir kriegen wird. Pass lieber auf dich auf, Ava Hide.

Ich lege meine Hand an das Ei, will es dir abnehmen, doch dein Griff verstärkt sich.

»Gib es mir, kleines Bunny. Gib es mir und ich gebe dir Zeit, dich wieder zu verstecken, ehe ich dich suchen komme.«

»Vergiss es, Seeker.«

Du verstehst es nicht. Mit jeder Auflehnung machst du es nur schlimmer für dich. Und irgendwann überschreitest du die Grenze, dann werde ich nicht mehr so nett zu dir sein. Du hast jetzt die Chance, auf mich zu hören und zu tun, was ich sage. Und doch nimmst du mein Angebot nicht an, lehnst dich auf.

Ich dringe leicht mit meinem Finger zwischen deine Lippen, zwinge sie, sich zu öffnen. »Versteck dich!«, flüstere ich.

»Nein!« Du beißt zu.

Ich reiße meine Hand von dir weg. Fuck, was hast du getan, kleines Bunny? Ich spüre, wie die Stelle, wo sich deine Zähne reingebohrt haben, pocht und heiß wird. Ebenfalls fühle ich, wie etwas Warmes hinunterläuft. Du hast mich zum Bluten gebracht.

»Dafür wirst du bezahlen!«

Du hast meine kurze Ablenkung genutzt und rennst wieder davon. Mach das nur, renn so schnell du kannst, kleines Bunny. Ich werde dich dennoch kriegen.

Dieses Mal verfolge ich dich auf dem normalen Weg, passe mich deinen Schritten an und beschleunige, als die letzten paar Meter zum Ausgang vor uns liegen.

Spürst du mich in deinem Nacken? Empfindest du Angst, wenn ich dich jage? Oder gefällt es dir genauso sehr wie mir?

Es ist wie ein Kick, seine Beute zuerst zu treiben, bevor man sie erwischt und zerfleischt.

Das Donnern meines Herzens, das Rauschen meines Blutes, der schnelle Atem, das Adrenalin, die Vorfreude, all das vermischt sich zu einem Cocktail, der süchtig macht. Er belebt mich, treibt mich an.

Ich strecke meine Hand aus, berühre dein wehendes Haar.

Nicht mehr viel und ich habe dich.

Du erhöhst dein Tempo, scheinst zu glauben, schneller als ich zu sein. Der Abstand meiner Füße erhöht sich, meine Schritte werden länger. Du irrst dich, kleines Bunny. Ich habe dich.

Fest packe ich dein Haar, reiße an dem Bündel. Dein Kopf wird nach hinten gezerrt, du schreist schmerzhaft auf.

Wie du mir, so ich dir.

Du bringst mich zum Bluten, ich verletze dich ebenfalls.

Du beißt mich, ich reiße dir Haare aus.

Ganz einfache Sache.

Du bleibst stehen und ich stoppe dicht hinter dir. Kein Blatt Papier passt zwischen uns. Unser Atem geht schwer, Schweiß benetzt deine Haut.

»Ich habe dich gewarnt, kleines Bunny.« An den Haaren drehe ich deinen Kopf zur Seite, so dass ich dein Profil sehen kann. »Du wirst nicht gewinnen!« Ich drücke meine Lippen auf deinen Mundwinkel.

Du versteifst dich. Ich grinse.

Du willst dich von mir entfernen. Ich ziehe fester an deinem Haar.

Du drehst dich weg. Ich zerre dich zurück.

Es ist immer das gleiche Spiel, mit demselben Ausgang. Ich gewinne, du verlierst. Das liegt in unserer Natur. Akzeptiere es.

»Lass mich los!«

»Erst, wenn du mir verrätst, wo das Ei ist.«

Du hebst das schwarz silberne Fabergé-Ei hoch. »Hier.«

»Das andere. Deins!«

»Ich habe keine Ahnung, wo es ist.«

»Lüge.«

»Beweise es.«

Mein Augenlid zuckt. Du bist kurz davor, dass ich genau das tue. Es juckt mir in den Fingern, dich zu packen, dir meine dunkle Seite zu zeigen und so dein kleines Geheimnis zu entlüften. Du hast keine Ahnung, wie sehr ich das will. Aber du bist noch nicht bereit, noch blockiert dich deine Hemmung und deine Angst, dich komplett auf das Spiel einzulassen. Du genießt meine Berührungen, du lässt zu, dass ich dich ficke, aber bist du auch breit, dich mir zu opfern? Dich mir komplett hinzugeben, mir alles darzubieten?

Nein! Es braucht noch ein paar Runden, in denen ich dich glauben lasse, dass du eine Chance hast, zu gewinnen.

»Werde ich, ganz bald«, verspreche ich dir.

Ein Schauer erfasst dich, lässt dich an meiner Brust erzittern.

»Und jetzt gib mir ganz brav das Ei, wenn du nicht all deine Haare verlieren willst.« Ich schmunzle an ihrem Mundwinkel.

»Nein!«

»Falsche Antwort!« Ich lockere meinen Griff, lasse den Großteil deiner Haare durch meine Finger gleiten und ziehe ruckartig an der kleinen Strähne.

Du schreist, deine Beine geben nach. Ich umschlinge dich schnell mit meinem freien Arm und halte dich oben. Dann zeige ich dir die Haare, die nun nicht mehr an deinem Kopf befestigt sind.

Eine Träne tritt hervor, löst sich aus deinem Augenwinkel.

Ich fange sie mit meiner Zunge auf, lecke sie von deinem Wangenknochen. Dabei wünschte ich mir, dass es dein Blut und nicht die salzige Flüssigkeit ist.

Du willst dein Gesicht wegdrehen und wieder lasse ich es nicht zu, packe dich stattdessen am Kinn und halte dich in Position. Es muss schmerzhaft für dich sein, deine Halsmuskeln und Sehnen werden ziemlich überdehnt. Aber mir gefällt es, dir zu zeigen, wer der Stärkere ist.

»Bitte, Seeker.« Deine Stimme ist dünn, zittrig.

Weißt du nicht, was du damit auslöst?

Für einen Moment schließe ich die Augen, versuche, mich zu beherrschen. Dennoch werde ich hart. Ich liebe es, wenn starke Frauen schwach und hilfsbedürftig werden. Wenn sie einem die Führung überlassen. So wie du gerade.

Du merkst es scheinbar, denn du versuchst, Distanz zwischen deinem Hintern und meinem Schwanz zu bringen. Ich lasse es nicht zu. Du sollst fühlen, was du anrichtest.

»Worum bettelst du, kleines Bunny?« Ich lecke über deine Wange zum Mundwinkel. »Um einen Kuss?« Ich küsse dich grob. »Meinen Schwanz?« Ich reibe meine Härte an deinem Hintern. »Um deine Freilassung?« Ich lasse dich los. »Oder doch darum, dass ich weiter mache?« Ich drehe dich zu mir.

Wir starren uns an. Deine Lippen leicht geöffnet und deine Lider bis zur Hälfte gesenkt. Du erweckst den Eindruck, dass ich mit dem letzten Punkt Recht gehabt habe. Du willst, dass ich weitermache, stimmt's?

Dir gefällt es, wie ich mit dir umgehe, dich herausfordere und langsam Stück für Stück deine Grenzen überschreite. Aber wir sind noch lange nicht am Ende. Die Grenze noch lange nicht ausgelotet.

Ich neige minimal meinen Kopf zur Seite, unsere Blicke werden stechender, intensiver.

Für wie viel bist du bereit, kleines Bunny?

»Verdammt, du solltest doch aufpassen, Seeker!« Sidney, Mist, wieso muss sie gerade jetzt auftauchen?

Du blinzelst. Der Bann zwischen dir und mir ist gebrochen.

Fuck, so ist das nicht gedacht gewesen. Du bist kurz davor gewesen, alles zuzulassen. Ich hätte dir zeigen können, wozu du bereit bist, was du brauchst.

Ich schüttle die Gedanken ab, kehre ins Hier und Jetzt zurück. Sidney stürmt auf uns zu, nein, auf dich, kleines Bunny. Sie reißt dir das Ei aus den Armen und du bleibst wie benommen stehen, rührst dich nicht vom Fleck.

Verwirrt runzle ich die Stirn. Warum wehrst du dich nicht?

»Wieso hast du es ihr nicht abgenommen?« Meine Freundin tritt an meine Seite, piekst mir in den Oberarm. »Das war deine Aufgabe, solange ich beschäftigt bin.«

»Sie hätte eh nichts damit anrichten können.«

»Klar, sie hätte damit nur ins Verbindungshaus gemusst und zack, hätten sie gewonnen.«

»Nein.«

»Wie, nein?«

Ich nehme den Blick von dir und richte ihn auf Sidney. »Es hätte nicht gezählt, hätte sie es getan.«

Sie hebt eine Augenbraue.

»Sie muss ins Gefängnis.«

Ihre Miene hellt sich auf, ein Grinsen legt sich auf ihre Lippen. »Ahhh ... ich verstehe.«

Ich wende mich wieder dir zu. Du schaust von mir zu dem blonden Mädel neben mir. Fragst du dich gerade, ob ich was mit ihr gehabt habe? Mein Mundwinkel hebt sich, deine Augen verdunkeln sich. Süß, kleines Bunny, bist du etwa eifersüchtig?

»Und wieso hältst du sie dann weiter auf? Schick sie weg, damit wir es wieder verstecken können, ehe andere uns auflauern!«

»Verdirb mir nicht den Spaß, Sidney.« Ein Knurren begleitet meine Worte. Sie hat mir nicht zu sagen, was ich zu tun habe. Ich lasse mir von niemandem etwas vorschreiben, genauso wenig, wie mich von jemandem unter Druck setzen zu lassen.

»Keine Sorge, ich bin schon weg und lasse euch allein«, sagst du ohne irgendeine Regung in der Stimme.

»Wir sind noch nicht ...«

Du drehst dich um und gehst. Der Bommel an deinem Hintern erregt meine Aufmerksamkeit. Er schwingt im Takt mit deinen Hüften. Das tust du absichtlich, oder?

Tief atme ich ein und aus, schließe meine Augen und reibe meine Nasenwurzel. Bilder, was ich mit deinem Arsch anstelle, tauchen vor meinem Auge auf. Wie er rot wird, sobald meine flache Hand auf deine Haut trifft. Wie ich deine Arschbacken spreize und mich in dir versenke.

Allein bei dem Gedanken wird mein Schwanz hart, drückt unangenehm gegen den Reißverschluss der Jeans.

Fuck!

Reiz mich ruhig weiter, kleines Bunny. Nur kann ich dir dann raten, dich besser zu verstecken. Sobald ich dich in die Finger bekomme, scheiße ich darauf, ob du bereit bist oder nicht. Ich will dich. Will dich so, wie ich es brauche.

Sidney stupst mich mit dem Ellenbogen an. »Versteckst du das Ei?«

»Werde ich.«

Und danach suche ich dich, kleines Bunny. Es wird Zeit, das Spiel zu beenden.

Villain

-

K/DA, Madison Beer, Kim Petras, League of Legends

Ava

Keine zwei Minuten muss ich im Gefängnis bleiben, da befreit mich eine Frau aus meinem Team.

Dankbar lächle ich die Latina an und renne aus dem Verbindungshaus. Fest mein Ziel im Auge.

Ich will Kian Seeker scheitern sehen. Ihn schlagen und zeigen, dass ich besser bin.

Fest donnern meine Füße auf dem Boden, ich überquere die erste Hälfte vom Campus und niemand aus dem gegnerischen Team kommt mir zu nah.

Gut so.

Bevor ich auf dem Weg zum Botanikgarten abbiege, sehe ich mich um. Sicherlich wird er ein anderes Plätzchen für das Fabergé-Ei suchen. Oder aber er hat es dieser Blonden mitgegeben.

Mein Blick trifft auf das kleine Waldstück. Wie magisch zieht es mich an. Langsam setze ich mich in Gang und trete zwischen die Bäume. Die Schatten verschlingen mich und ich verzichte darauf, mein Handylicht einzuschalten.

Er soll mich nicht sehen, wenn ich komme.

Von Stamm zu Stamm taste ich mich durch. Meine

Finger streichen über die raue Rinde. Schwach kann ich die Umrisse der Bäume sehen.

Irgendwann verliere ich die Orientierung, habe keine Ahnung, wo ich genau hinlaufe. Aber es ist mir egal. Fakt ist, dass mein Bauchgefühl mir sagt, dass ich richtig liege. So wie es beim Labyrinth der Fall gewesen ist.

Äste knacken unter meinen Chucks. Rascheln des Laubs unterbricht die Stille um mich herum.

Gänsehaut überzieht meinen Körper. Ich reibe mir die Arme.

Ich schaue über meine Schulter zurück, gehe sicher, dass niemand hinter mir ist. Abrupt stocke ich, falle beinahe über meine eigenen Füße. Hat sich da gerade was bewegt?

Langsam drehe ich mich um, kneife die Augen zusammen, um besser sehen zu können. Schwach nehme ich eine Silhouette wahr.

Mein Herz stoppt, nur um dann in zweifacher Geschwindigkeit zu schlagen. Angst nistet sich in mir ein.

Bitte lass es eine Illusion sein ... Bitte, lass mich, mich geirrt haben. Lass es ein Baumstumpf oder etwas anders sein.

Trotz des Rauschens des Blutes in meinen Ohren höre ich das Knacken eines Astes. Die Schatten bewegt sich. Wie angewurzelt bleibe ich stehen, kann mich nicht rühren, sondern nur die Person anstarren, wie sie näherkommt.

Kräftig schlucke ich. Es ist kein fucking Baum, keine Illusion.

Adrenalin flutet meine Adern, gibt mir meinen Überlebensinstinkt zurück und die Kraft, mich vorwärtszubewegen. Ich drehe mich in die entgegengesetzte Richtung, weg von dem Unbekannten und renne los. So schnell ich kann und der Wald es zulässt, laufe ich zwischen den Bäumen durch. Suche nach einer geeigneten Deckung.

Ein bösartiges Lachen folgt mir. »Wo willst du hinhoppeln, kleines Bunny?« Ich nehme die donnernden Schritte hinter mir überdeutlich wahr.

Meine Härchen stellen sich auf, die Sinne schärfen sich.

Kian Seeker.

Fest presse ich meine Kiefer aufeinander. Wie könnte er mich so schnell finden?

»Du entkommst mir nicht.«

Ein Schauer jagt mir durch die Knochen. »Wir werden sehen!«, schreie ich zurück.

Alles in mir verlangt danach zurückzuschauen, um zu sehen, wo er ist. Aber wenn ich das tue, kann ich den tiefsitzenden Ästen nicht ausweichen.

Erneut lacht er.

Es macht mich rasend vor Wut, dass er Spaß an dem Ganzen hat, während er mich wie einen Hasen vor sich hertreibt. Nur, wenn ich stehenbleibe, weiß ich nicht, was mich erwarten wird.

Von Mal und zu Mal ist er gröber und somit gleichzeitig anziehender für mich geworden. Die Lust, die ich in seiner Nähe empfinde, ist beinahe unerträglich. Die Neugier, wie weit er mich über meine Grenzen bringt, ist kaum auszuhalten. Dabei verabscheue ich ihn. Hasse alles, was er darstellt und verkörpert.

Ich treibe mich weiter an, schreie innerlich meine Muskeln an, dass sie ja nicht schlapp machen sollen.

In Seekers Nähe kann ich mir selbst nicht mehr trauen und das ist das Schlimmste, was hätte passieren können. Niemals zuvor hat es jemand geschafft und jetzt ist nicht der richtige Zeitpunkt dafür, herauszufinden, was es bedeutet.

Die Abstände der Bäume verändern sich, verdichten sich.

Wenn ich da hineinlaufe, komme ich nicht schnell genug vorwärts und von meiner Sicht brauche ich gar nicht sprechen. Sie wäre nicht vorhanden.

Ich biege nach rechts ab, renne an der Grenze zum dichten Wald entlang.

»Kalt, kleines Bunny.« Sein Ruf hallt in der Stille wider. »Da wirst du es niemals finden.«

Ich glaube ihm nicht. Wieso sollte er mir verraten wollen, wenn ich mich irre?

Die Dunkelheit wird schwächer, meine Sicht besser. Wir müssten Richtung des Gehwegs unterwegs sein. Perfekt.

»Da willst du nicht hin!«

Ich beschleunige nochmals.

Und wie ich es will.

Wenn ich es schnell genug herausschaffe, kann ich Schutz zwischen den Häusern nehmen. Wie vorhin, wo er mich nicht entdeckt hat, als ich mich in einem Kelleraufgang verkrochen habe.

Bei den Häusern sind meistens auch andere Menschen unterwegs, somit würden deren Stimmen verhindern, dass er meine Schritte hören kann.

Meine Seite beginnt zu stechen und meine Lunge brennt. Schwarze Punkte treten in meinem Blickfeld auf.

Ich kann nicht mehr und dennoch kommt Aufgeben nicht in Frage. Mein Ziel ist viel zu nah in Reichweite.

Der Schein der Laternen drängt die Schatten zurück. Ich sehe den Ausgang.

Nur noch wenige Meter.

Ein letztes Mal treibe ich mich an, kämpfe verbissen darum schneller zu werden und somit viel Abstand zwischen uns zu bringen.

Die letzten Bäume rauschen an mir vorbei, bis ich aus

dem Wäldchen presche. Sofort fällt mir das weiße, heruntergekommene Gebäude zu meiner Linken auf, ich renne darauf zu.

Ich wage es, über meine Schulter zurückzuschauen. Kann Seeker nirgends ausmachen. Doch das lässt mich nicht stoppen. Wer weiß, ob es eine Falle von ihm ist. Vielleicht will er mich in dem Glauben lassen, dass er weg ist, und taucht dann plötzlich neben mir auf.

Gegen die Regeln zerre ich an der Tür, die sich erstaunlicherweise leicht öffnen lässt, und trete in das Gebäude ein. Automatisch gehen mehrere kleine Lichter an den Seitenwänden an und hüllen den Raum in ein sanftes, dämmriges Licht. Vorsichtig schließe ich die Tür hinter mir und lehne mich mit dem Rücken an das Holz.

Nur eine kurze Verschnaufpause, denke ich mir und schließe meine Augen, versuche zu Atem zu kommen.

Schnell hebt und senkt sich mein Brustkorb, Schweiß rinnt mir den Rücken hinunter, in meinen Rippen sticht es und meine Beinmuskeln brennen.

Ich öffne meine Augen und sehe mich um. Erstaunt stelle ich fest, dass es eine alte Kapelle ist. Werkzeuge und Baumaterialien liegen verstreut herum. Holzlatten lehnen an den Wänden, die Buntglasfenster sind teilweise kaputt. Auf den vermutlich früher mal weißen Bänken liegt eine dicke Staubschicht.

»Hier wird wohl schon lange kein Gottesdienst mehr abgehalten«, murmle ich und stoße mich von der Tür ab. Bedacht mache ich einen Schritt nach dem anderen, mein Blick huscht von links nach rechts, saugt alles auf.

Bis eben habe ich keine Ahnung gehabt, dass die Uni eine Kapelle besitzt. In keinem Flyer ist sie aufgeführt, was vermutlich wegen der Baumaßnahmen der Fall ist.

Mit den Fingerspitzen streife ich über die Lehnen der Bänke, während ich weiter nach vorne zum Altar laufe.

Ein großes Holzkreuz lenkt meine Aufmerksamkeit auf sich. Es sieht neuer aus, als alles andere und will mit seiner schwarzen Farbe nicht hier hineinpassen. Es wirkt wie ein Fremdkörper in dem sonst weißen großen Raum.

Ich kann meinen Blick nicht davon nehmen. Noch nie bin ich ein gläubiger Mensch gewesen, Kirchen haben mich nicht interessiert, aber von dem Störenfried werde ich angezogen.

Wieso hat man ausgerechnet dieses wuchtige Ding ausgewählt? Hat es eine bestimmte Bedeutung?

Es fühlt sich beinahe so an, als würden wir das gleiche Schicksal tragen. Hübsch anzusehen, aber nirgends wirklich dazugehörig.

»Du hättest hier nicht reingehen sollen!«

Erschrocken zucke ich zusammen, fahre mit einem spitzen Schrei herum und … Seeker! Nein!

Warum habe ich nicht mitbekommen, wie er in die Kapelle gekommen ist? War ich so in Gedanken versunken, dass ich das Spiel und die damit einhergehende Gefahr ausgeblendet habe?

Fuck!

Wie festgefroren bleibe ich zwischen dem Altar und dem Kreuz stehen, starre ihn aus großen Augen an.

Sein Mundwinkel bewegt sich nach oben. »Du hast soeben die eine Grenze überschritten, die dich vor allem geschützt hat, doch hier, in der Kapelle, darf ich mit dir machen, was ich will.« Tief und bedrohlich erfüllt seine Stimme den Raum. »Du bist mir ausgeliefert, kleines Bunny. Und es wird mir einen Heidenspaß machen, dir zu zeigen, dass du mir nicht gewachsen bist.«

Ich recke mein Kinn und verschränke meine Arme vor der Brust. »Dafür musst du mich erstmal kriegen, Seeker.«

Seine Lippen verziehen sich zu einem breiten Grinsen. »Das steht außer Frage, denn wie willst du mir entkommen, wenn ich den einzigen Ausweg blockiere, den diese Kapelle hat?«

Hastig sehe ich mich um, suche eine weitere Tür. Nichts. Kein weiterer Ausgang ist in der Wand eingelassen. Fuck!

Mit großen Augen drehe ich mich zurück zu ihm.

Er lacht. »Dieses Mal bist du in den falschen Bau gehüpft …« Seeker dreht etwas in der Tür, es klickt, dann zieht er es raus und steckt ihn in die Hosentasche. Es ist der verdammte Schlüssel gewesen und selbstverständlich hat Seeker von ihm gewusst.

Sein stechender Blick nimmt meinen gefangen.

Gänsehaut breitet sich auf meinem kompletten Körper aus und ein Schauer lässt mich erzittern. Das Kribbeln in meinem Bauch beginnt wieder unΩd ich spüre ein Ziehen in meiner Mitte. Angst und Vorfreude fluten meine Adern. Mir wird warm und kalt zugleich, mein Atem wird schwerer.

Er setzt sich in Bewegung, schreitet auf mich zu und sagt mit tiefer rauer Stimme: »… und bist in meinem Wunderland gelandet, Ava Hide.«

Me and the devil

-

Soap&Skin

Kian

Du hättest dich besser verstecken sollen, kleines Bunny. Dann hätte ich dich nicht so leicht finden können. Doch jetzt habe ich dich und werde mit dir machen, was ich will.

Es wird Zeit, dass ich an meine gewünschten Informationen komme und du erlebst, wer der wirkliche Kian Seeker ist.

Bald bricht der Tag an und bis dahin muss ein Team gewonnen haben. Und ich will derjenige sein. Nicht du.

Ich schreite auf dich zu, deine Augen weiten sich. Dennoch bleibst du wie ein braves Mädchen stehen. Naja, was sollst du auch anderes tun? Die Tür liegt hinter mir, das heißt, du musst an mir vorbei. Zuerst sogar noch den Schlüssel aus meiner Hosentasche klauen.

Mein Blick ruht auf dir. Ich kenne mich in der Kapelle aus, bin regelmäßig hier, um mich zurückzuziehen. Auch ein kranker Bastard wie ich, braucht ab und zu seine Ruhe.

Ich nehme den gleichen Weg wie du, da die andere Seite mit Werkzeug und anderem Gerümpel zugestellt ist. Es passt mir gut, dass die Handwerker alles stehen und liegen gelassen haben, so kannst du mir nicht so leicht entkommen. Noch ein Pluspunkt ist, dass ich alles habe, was ich für dich brauche.

Du willst Distanz zwischen uns schaffen, trittst zurück. Ich schmunzle über deinen erbärmlichen Versuch. Als würde es dir etwas nützen. Aber ich lasse dich weiterhin in dem Glauben und verlangsame meine Schritte.

Deine Augen huschen hin und her. Du suchst einen Ausweg, obwohl du mittlerweile kapiert haben musst, dass es keinen gibt.

»Ich bin deine einzige Chance herauszukommen. Dafür musst du mir aber geben, was ich will.« Ich kann den Spot in den Worten nicht unterdrücken.

Du stolperst über einen Hammer, der zu deinen Füßen liegt. Gerade noch so fängst du dich am Altar ab. Dein Oberkörper und Gesicht landen auf der Oberfläche.

»Bleib so«, raune ich und schaue auf deinen ausgestreckten Arsch, der kaum vom Body bedeckt wird.

Fuck, besser könntest du in diesen Moment nicht aussehen.

Mein Schwanz regt sich in meiner Hose, schwillt an.

Selbstverständlich hörst du nicht auf mich. Was habe ich auch erwartet? Dass du auf wundersame Weise gehörig wirst?

Du stemmst dich mit den Händen hoch und siehst mich mit verengten Augen an. Etwas blitzt in ihnen auf, was mich abermals schmunzeln lässt.

»Vergiss es, Kian Seeker.«

»Oh, kleines Bunny, du wirst diejenige sein, die gleich alles vergessen wird.« Ich trete näher an dich heran.

Du stellst dich gerader hin, straffst deine Schultern. Deine Kieferknochen treten leicht hervor.

Habe ich dich etwa wütend gemacht? Umso besser erst dann tun die Krallen eines Häschens richtig weh.

Vorfreude wallt in mir auf.

Vielleicht habe ich mich geirrt und du bist gar nich so prüde, wie du aussiehst. Eventuell könnte es amüsan werden, wenn ich dich gegen den Altar ficke und diesen Ort entweihe. Bist du bereit für diese sündige Erfahrung für die wir beide in die Hölle kommen werden?

Scheinbar siehst du mir mein Vorhaben an, denn du drehst dich um und läufst los.

Innerlich habe ich mit einer Flucht gerechnet, weswegen ich schnell reagiere und dir hinterherrenne. Viel Mühe brauche ich mir dabei nicht geben, denn kaum bist du beim Gerümpel angekommen, erwische ich dich am Arm

Grob ziehe ich dich an diesem zurück. Du prallst gegen meinen Oberkörper. Ich schlinge meine Arme von hinten um dich und lege meine Hände auf deinen Bauch.

»Immer wieder kehrt der Angsthase in dir zurück, wo ist der Rammler, der alles mitnimmt, was er kann?«

»Das hat nichts mit Angst zu tun, sondern damit, dass du derjenige bist, der mich ständig zu etwas zwingen will, was ich nicht will.«

Ich lache, laut und hemmungslos. »Zwingen?« Ich nähere mich deinem Ohr. »Sag mir nur eine Situation, in der ich gegen deinen Willen gehandelt habe.«

Dein Brustkorb hebt und senkt sich schnell. Ich schaue über deine Schulter in deinen Ausschnitt, beobachte deine Brüste, wie sie nur von ein bisschen Stoff in Position gehalten werden.

»Tribüne.«

»Meinst du da, wo du dich wie eine rollige Katze an mich gerieben hast und nach mehr verlangt hast?«

»So war das nicht.«

Belustigt brumme ich. »Nicht? Denk lieber noch mal darüber nach, bevor es peinlich für dich wird.«

Du schnaufst. »Dann vorhin, nach dem Labyrinth.«

Meine Lippen verziehen sich zu einem Lächeln. Allein der Gedanke daran, wie du gefesselt an dem rosa Stein-Flamingo gebunden warst, lässt mich steinhart werden. Der Geschmack deiner Lust kehrt zurück in meinem Mund, ich kann ihn überdeutlich schmecken, obwohl ich dich gerade nicht lecke.

»Mhmm ... das können wir gern wiederholen, wenn du möchtest. Denn so wie du deine Hände in mein Haar gekrallt und gestöhnt hast, hat es den Eindruck in mir erweckt, dass es dir ganz gut gefällt.« Ich beiße leicht in dein Ohrläppchen, ehe ich hauche: »Vermisst du meine Zunge?«

Du erschauderst in meinen Armen. »Das hast du dir alles eingebildet.«

»Lüg nur, kleines Bunny. Wenn du dann besser mit deinem Gewissen umgehen kannst, dann gut. Ich jedenfalls weiß, dass dir alles gefallen hat.«

»Pff ... Alles, was du aufgezählt hast, waren körperliche Reaktionen auf eine Stimulation, mehr nicht.«

Gib es einfach zu. Lass den Gedanken zu, dass ich dich gefickt habe und es dir gefallen hat. Sperr dich nicht vor dem, was unweigerlich passieren wird. Heute Nacht sind du und ich füreinander bestimmt. Ab morgen sind wir wieder getrennte Leute, die sich nicht ausstehen können.

»Wenn es nur Reaktionen waren, wieso ...« Meine rechte Hand wandert hoch zu deinen Brüsten, umfasst die Linke, während ich mit der anderen Hand runter zu deiner Pussy gleite. Dein Becken drückt sich sogleich an mich.

»… sagst du dann nicht einfach nein?« Mit den Fingern fahre ich den Saum weiter hinunter, bis ich sie unter den Stoff schiebe und die Druckknöpfe dazu zwinge aufzuspringen.

Du keuchst auf, kaum dass meine Fingerkuppen deine Perle finden.

»Sag nein und ich höre auf.«

Du schüttelst mit dem Kopf, spreizt aber gleichzeitig deine Beine, damit ich besseren Zugang habe.

Ich reibe deinen Kitzler. Dein Keuchen geht ins Stöhnen über.

»Sag nein, kleines Bunny.« Tue es, solange ich noch aufhören kann.

Dein Atem geht abgehakt und ist lauter als zuvor. Du windest dich unter meinen Händen.

Ich verstärke meine Bemühungen. Ziehe deinen Body hinunter, entblöße deine Brüste.

»Du kannst es nicht, oder?«, provoziere ich dich weiter, wohl wissentlich, dass du bereits abgeschaltet hast und nicht mehr denken kannst.

Du schüttelst deinen Kopf, ich schmunzle. Wieder habe ich recht, wenn du das nur einsehen würdest. Du könntest so viel mehr von dir selbst lernen, wenn du mich dich führen lassen würdest.

Du lässt dich gegen mich sinken, es wird schwerer für mich, dich in dieser Position zu halten. Also reibe ich schneller deinen Kitzler, reize und zwicke ihn.

Dein Stöhnen wird lauter und du krallst dich in meinen Oberarm fest. Deine Nägel graben sich in meine Haut.

Ich drücke deinen Nippel fest zusammen. Du schreist spitz auf und … du krampfst dich zusammen, erzitterst. Dein langgezogenes lautes Stöhnen erfüllt die Kapelle, hallt von den kargen Wänden wider. Deine Körperspannung verschwindet, du sackst in meinen Armen zusammen, während dich der Orgasmus fest in seinen Krallen hat.

Lange kann ich dich so nicht mehr halten, weswegen ich dich auf die Arme hochnehme. Deine Beine schlingen sich um mich, dein Gesicht ruhst du gegen meine Schulter.

Mit zwei Schritten überbrücke ich die Distanz zum Altar und lege dich darauf ab. Ich öffne deine Beine weiter, beuge mich vor und lasse meine Zunge über deine geschwollene Pussy gleiten.

Ich knurre, als dein Geschmack meine Zunge benetzt. Und du keuchst heiser auf. Immer wieder fahre ich an deinen Schamlippen entlang, sauge sie in meinem Mund und knappere an ihnen. Hin und wieder gleite ich mit der Zunge in deine Öffnung.

Deine Finger vergraben sich in mein Haar. Du willst mich lenken, an die Position bringen, die dir am liebsten ist. Ich halte dagegen. Schließlich bin ich derjenige, der das Sagen hat. Deine Bemühungen werden stärker, du ziehst fest an meinen Haaren.

Mit einem kurzen Biss in deinen Kitzler lasse ich dich wissen, was ich davon halte. Nämlich gar nichts. Doch es stört dich nicht, du machst weiter.

Meine Zunge wird gröber. Ich merke, wie etwas in mir aufsteigt, was fatal für dich enden wird, kleines Bunny.

»Wenn du nicht aufhörst, musst du mit den Konsequenzen rechnen«, knurre ich.

Das Bedürfnis, dich unter Kontrolle zu bringen, nimmt zu. Es juckt mir förmlich in den Fingern und steigert meine Lust ins Unermessliche.

Du hebst leicht deinen Oberkörper, ich schaue an dir hoch und treffe auf deinen lustverhangenen Blick.

»Nichts als leere Worte.«

Klick!

Ein Schalter legt sich bei deinen geflüsterten Worten in meinem Kopf um.

Ich packe dich an den Oberschenkeln, spreize deine Beine weiter und weiter, bis der Widerstand kurz vorm Reißen ist. Dabei schaue ich dir weiterhin in die Augen, die sich nun weiten.

»Du hast es so gewollt«, knurre ich und stelle mich zwischen deine Schenkel.

Ich reiße dich an dem Body in eine sitzende Position. Du zuckst minimal zusammen, als deine nasse Pussy auf den kalten Stein des Altars trifft. Ich grinse.

»Was -«

Ich lasse dich nicht weitersprechen, sondern zerre den störenden Stoff über deinen Kopf und werfe ihn anschließend über meine Schulter.

»Wir können doch nicht ...« Ich stoße dich zurück, dein Rücken landet auf der Oberfläche.

»Was? Auf dem Altar ficken?« Ich verziehe meinen Mund zu einem schiefen Lächeln. Öffne meine Jeans und schiebe sie samt Boxershorts nach unten. »Und wie wir das können, kleines Bunny.« Mit einem kräftigen Stoß bin ich in dir.

Ich stoppe nicht, gleite im schnellen Tempo rein und raus. Deine Brüste wackeln im selben Takt.

Du greifst nach mir, erwischst meine Arme. Ich lasse es zu und packe dich an der Taille. Halte mich daran fest, während ich dich ficke.

Doch es langt mir nicht. Langt dem inneren Biest in mir nicht. Es will Rache für deinen Spruch, für deine Aufmüpfigkeit und Provokation.

Mit einer Hand wandere ich hoch zu deinem Hals, neine Finger umschließen ihn. Mit jedem Stoß verstärke ch den Griff.

Deine Augen werden groß, Panik blitzt in ihnen auf. u ziehst und zerrst an meinen Unterarmen, kratzt mich. ch merke, wie es feucht an den Stellen wird, wo du deine lägel zu tief in meine Haut gegraben hast.

Zu wissen, dass ich blute, treibt meine Lust höher.

Endlich wehrst du dich, kleines Bunny. Zeigst mir, dass u ja wohl ein Überlebensinstinkt hast.

Dein Gesicht verzieht sich vor Panik, dein Mund öffnet sich inen spaltbreit. Kein Laut entweicht diesen sündigen Lippen, ur deine Augen sprechen für dich. Zeigen deine Angst.

Ich grinse und drücke noch ein bisschen zu. Gleichzeiig beschleunige ich meinen Rhythmus, ficke dich härter.

Deine inneren Wände ziehen sich zusammen, massieen meinen Schwanz.

Schweiß läuft mir meinen Rücken hinunter, meine rme beginnen zu zittern. Weißt du, wie viel Kraft es nich kostet, nicht komplett zuzudrücken? Sondern imner nur ein bisschen mehr?

Du windest dich unter mir, versuchst, mich von dir zu chieben. Dabei legst du deine Beine um meine Hüften nd drückst meinen Hintern mit deinen Fersen näher an ich heran.

Ich lache.

Dein Widerstand ebbt ein wenig ab. Deine Hände sinen an meinen Armen hinab. Du kämpfst darum, deine ider offen zu halten. Minimal gebe ich nach, lasse dir inen Atemzug. Du saugst ihn gierig auf.

Ich ändere meinen Winkel, stoße tiefer in dich hinein nd reibe über deinen G-Punkt. Es braucht genau fünf

Stöße und du schreist erstickt auf. Aus weit geöffnete
Augen starrst du mich an.

Du hast keine Ahnung, was du gerade fühlen sollst
oder?

Dein Körper erzittert unter mir, wird von Schauern er
fasst. Deine Pussy krampft sich um meine Härte, mach
es mir schwerer mich in dir zu bewegen.

Dennoch kämpfst du gegen deinen Orgasmus an.

Ich kann mich nicht mehr zügeln, drücke fest dein
Kehle.

Fuck!

Ich sehe genau den Moment, indem es so weit ist. Wi
du nachgibst und kommst. Ein Beben nach dem nächste
dich erschüttert. Dein lautloses Stöhnen und Keuchen.

Hast du eine Ahnung, wie hübsch du in diesem Mo
ment aussiehst?

Dein Mund einen Spalt weit geöffnet, dein Gesicht vo
Lust verzogen und das trotz der Panik in deinen Augen
Meine voll tätowierten Hände stehen stark im Kontras
zu deiner hellen leicht geröteten Haut, lassen sie wi
Porzellan wirken.

Noch nie hat jemand in dieser Position schöner aus
gesehen als du, kleines Bunny.

Ein Kribbeln beginnt in meinen Eiern, zieht sich hoch
Ein Schleier legt sich über meine Sicht. Alles in mir ver
langt ebenfalls um Erlösung. Es fehlt nur ein bissche
noch und es ist soweit, ich spüre es.

Ich ramme mich schon beinahe in dich hinein, auto
matisch verkrampfe ich meine Hände an deiner Kehle
Rücksichtslos nehme ich mir, was ich brauche.

Das ist auch der Moment, in dem dein Körper nachgib
und schlaff wird.

Augenrollend schließt du deine Lider, dein Kopf kippt zur Seite, deine Beine rutschen spannungslos an mir herrunter.

Mit einem Knurren vergrabe ich mich tief in dir, fülle dich bis zu meiner Wurzel aus und komme.

Fuck, kleines Bunny, was hast du nur an dir?

Vois sur ton chemin

-

Bruno Coulais, Les Petits Chanteurs de Saint-Marc

Ava

Eine heftige Schmerzwelle durchfährt mich, lässt mich aufschrecken und aufschreien.

Es braucht einige Sekunden, bis ich realisiere, wo ich bin. Noch immer in der Kapelle, aber nicht mehr liegend auf dem Altar. Stattdessen bin ich senkrecht in der Luft, doch meine Füße berühren den Boden nicht.

Ich schaue nach links und rechts, folge meinen ausgebreiteten Armen bis zu den Händen.

What the fuck?

Seile umschlingen meine Handgelenke, fixieren mich an etwas Schwarzes. Nein, nicht etwas, sondern an das verdammte Kreuz.

Das Kreuz, das mich vorhin wie magisch angezogen und fasziniert hat.

Das Kreuz, das ich mit mir verglichen habe.

»Das hat er nicht ernsthaft getan«, flüstere ich fassungslos und sehe mich in der Kapelle nach Seeker um. Er ist nirgends zu sehen. »Du gottloser Bastard.« Mein wütender Schrei hallt von den Wänden wider.

Heftig winde ich mich in den Fesseln. Ich kann nicht

glauben, dass er es wieder getan hat. Erst die Flamingo-Statue und jetzt ein Kreuz in einer Kapelle.

Würde es mich nicht selbst betreffen, würde ich über die Situation lachen. Doch da ich es bin, die hier hängt, baut sich eine scheiß Wut in mir auf. Vor allem, als sich die Seile nicht so einfach lösen.

»Ich bringe dich um!«

Die rauen Seile schnüren sich in meine Haut, schneiden die Blutzufuhr ab. Meine Fingerspitzen kribbeln bereits unangenehm.

Wie konnte ich nur in so einer Situation landen? Nein, bessere Frage, wie hat Seeker mich, ohne dass ich es mitbekommen habe, an dieses Kreuz befestigt?

Für einen Moment schließe ich die Lider. Leicht schmerzt mir der Kopf und es fühlt sich an, als wäre nur Watte darin.

Schritt für Schritt gehe ich den Abend in Gedanken durch, bis ich auf dem Altar liege und komme.

Ich halte den Atem an, mein Herzschlag beschleunigt sich, das Blut rauscht in meinen Ohren.

Er hat mich gewürgt, hat mir die Luftzufuhr gekappt, bis ich bewusstlos geworden bin.

In meiner Lunge beginnt es zu brennen, schwarze Punkte treten vor meinen Augen auf. Es fühlt sich an, als würde jede einzelne Nervenbahn in mir zerspringen.

Ich stoße die angehaltene Luft aus und sauge gierig den frischen Sauerstoff ein.

Adrenalin rauscht durch meine Venen, vermischt sich mit der anfänglichen Panik und wandelt sie zurück in Wut. Ich balle meine Hände zu Fäusten.

Er hat mich festgebunden hier hängen lassen, während ich bewusstlos gewesen bin!

Stark zerre ich an den Seilen, will sie lockern, damit :h herausschlüpfen kann. Es klappt nicht, sie sind zu ng gebunden.

Abermals schreie ich frustriert auf. Ein undefinierter aut, der meine Kehle verlässt.

Ob jemand in die Kapelle finden und mich retten wird? Schnell verwerfe ich den Gedanken wieder. Wer soll ch hierher verirren? Ich muss mich selbst befreien, ohne :gliche Hilfe. Nur wie?

Ein Plan formt sich in meinem Kopf.

Fest beiße ich mir auf die Lippe, während ich meine anze Kraft in meine Arme stecke und an den Seilen iehe. Ich ignoriere den Schmerz, der mich zu lähmen roht, kämpfe gegen ihn an.

Ich kann es schaffen, ich kann es schaffen ..., spreche :h mir in Gedanken Mut zu. Ich muss nur stark genug ein und dann werde ich gewinnen.

Zerren, ziehen, hin und her an dem Holz reiben ... nmer im Wechsel.

Langsam spüre ich, wie die Seile nachgeben, wie sie ockerer werden und mir mehr Spielraum geben. Hoffung sammelt sich in mir. Ich kann es wirklich schaffen.

Gerade, als ich meine rechte Hand befreie, geht die ür auf. Ich versteife mich.

Nein. Nein. Nein.

Eine Person tritt herein, die Kapuze tief ins Gesicht ezogen.

Bitte lass es Seeker sein. Wobei, nein, wer weiß, was : mit mir anstellen wird.

Die Person schiebt die Kapuze zurück und Marv kommt um Vorschein. »Na, sieh mal einer an, da spielt jemand Jeıs‹ Auferstehung nach?« Ein Lachen begleitet seine Worte.

»Witzig«, brumme ich und ziehe meine Hand endlic aus der Schlaufe heraus.

Marv kommt auf mich zugelaufen, sein Blick gleit über mich.

Notdürftig versuche ich, meine Blöße zu bedecken, nu wie soll ich meine Scham und meine Brüste gleichzeiti mit einem Arm verdecken?

Scheiß drauf.

Ich halte meine Hand vor meiner Mitte, auch, wen er sie bereits begutachten konnte. Doch ich will mir di Illusion aufrechterhalten, dass er nicht alles zu sehe bekommen hat.

Er bleibt vor mir stehen. »Soll ich dir runterhelfen?«

Ich nicke und senke meinen Blick. Wie peinlich ist da bitte, von jemanden von einem Kreuz in einer Kapell befreit zu werden, wenn man nackt an diesem hängt?

Seeker wird dafür büßen. Ich werde es ihm heimzah len. Ihm seinen Sieg nehmen und ihm somit überlege sein.

Während Marv an dem Knoten fummelt, murmelt e »Man gut, er hat nicht das Nagelschussgerät benutzt.«

Ha, das wäre ja noch schöner, aber Seeker durchau zuzutrauen.

»Vielleicht waren nicht genug Nägel vorhanden.«

Er schaut vom Knoten zu mir. »Das kann gut möglic sein.« Er zuckt mit den Schultern und macht dann weite

Kurze Zeit später ist Marv fertig und ich nicht mehr a einem Stück Holz fixiert.

Kribbelnd läuft das Blut in die Gliedmaßen, hauch ihnen wieder Leben ein. Ich kreise meine Gelenke un ignoriere dabei den Schmerz, den die Schürfwunden vo rauen Tau verursachen.

Ohne ein Wort zieht Marv seinen schwarzen Hoodie über den Kopf und reicht ihn mir.

Dankbar lächelnd nehme ich ihn an und schlüpfe hinein.

Für einen Moment herrscht peinliches Schweigen, bis ich den Mut zusammenfasse und ein »Danke« herauspresse.

»Immer gern. Pass nur auf, dass du nicht wieder in die Lage kommst. Habe nur durch Zufall gesehen, wie Seeker aus der Richtung gekommen ist. Und da er die ganze Zeit hinter dir her ist und du nicht vor ihm hergelaufen bist ...« Er beendet den Satz nicht. Aber mir ist klar, was er sagen wollte.

... musstest du irgendwo angebunden sein.

Scheinbar steht Seeker auf Fesselspielchen.

Erneut nicke ich einfach nur.

Verlegen streicht er sich über den Nacken. »Was hast du jetzt vor?«

»Das machen, was er die ganze Zeit macht. Die Regeln brechen!«

»Ähm ... ich will dich nicht enttäuschen, aber bisher hat er sich immer im Rahmen dieser bewegt.«

Minimal weiten sich meine Augen. »Ernsthaft?«

Nun liegt es an Marv zu nicken.

»Dann werde ich einen anderen Weg finden, ihn verlieren zu lassen, aber zuerst muss ich ins Gefängnis.« Ich verdrehe die Augen.

»Mach das, ich suche das Ei weiter.«

»Beeil dich lieber, wer weiß, was Seeker noch anstellen wird.«

»Werde ich.« Freundlich lächelt er mich an. »Und pass du auf, dass du ihm nicht wieder zwischen die Finger kommst.«

»Ich werde mein Bestes geben.«

Marv kehrt auf dem Absatz um und verschwindet wieder so, wie er gekommen ist. Beinahe lautlos.

Ich folge ihm, bleibe aber auf den Gehwegen, die zurück zum Verbindungshaus führen.

Ungefähr nach der Hälfte des Weges habe ich die Idee. In Gedanken spinne ich sie weiter und halte dabei Ausschau nach Seeker. Er darf mich dieses Mal nicht finden. Denn wenn er es tut, verlieren wir.

An der Gabelung zum Verbindungshaus und des Unigebäudes, bleibe ich stehen.

Aufmerksam sehe ich mich um, drehe mich im Kreis und gehe sicher, dass niemand in der Nähe ist. Sobald ich keinen Spieler ausmachen kann, husche ich zum Unigebäude, verstecke mich da hinter einem Treppenaufgang und warte.

Auch nach zehn Sekunden ist kein Seeker aus einem Gebüsch oder Eingang gesprungen gekommen, also wage ich mich aus meinem Versteck heraus und sprinte zu dem Springbrunnen, der auf einer Wiese steht.

Ein letztes Mal lasse ich meinen Blick in alle Richtungen schweifen, beuge mich hinunter, ziehe mir meine Chucks aus und steige dann in das Wasser. Kalt empfängt es mich und geht mir bis zu den Knien.

Gänsehaut breitet sich auf meinem Körper aus, ein Schauer lässt mich erzittern.

Ich setze langsam einen Fuß vor den anderen, durchquere den Brunnen bis zu den kaum bekleideten Steinmenschen, die auf einem Felsen sitzen und Wasser speien. Keine Ahnung, was sie genau darstellen sollen, sie sind jedenfalls irgendein unnötiges Denkmalding.

Mit einer Hand halte ich mich an dem Bein eines der Figuren fest, gehe auf die Zehenspitzen und greife mit der anderen über die Klippe. Mit den Fingern berühre ich das Fabergé-Ei, bekomme es allerdings nicht zu packen. Also steige ich auf einen Vorsprung, hangle mich an dem Rand der Klippe und steige hoch.

Gerade, als ich oben bin, ducke ich mich hinter eine der Frauen, presse mich dicht an sie.

Seeker schlendert gemütlich über die Wiese, schaut nach links und rechts. Sicherlich sucht er mich.

Ich lege mich beinahe auf den kalten Stein, Hauptsache ich errege nicht durch irgendwas seine Aufmerksamkeit. Er muss denken, dass ich nicht hier bin, sonst geht mein Plan nicht auf.

Als er an dem Brunnen angelangt ist, halte ich meinen Atem an und schließe die Augen.

Bitte lass ihn weitergehen, bitte lass ihn weitergehen.

Ich lausche seinen Schritten, die sich zum Glück von meinem Standort entfernen. Trotzdem zähle ich zur Sicherheit noch bis hundert, bevor ich aus meiner Deckung hochkomme, die Klippe hinunterklettere und ... Meine Chucks.

Kurz bleibt mein Herz stehen, nur um dann in doppelter Geschwindigkeit zu schlagen. Er hätte sie jederzeit entdecken und mich so erwischen können.

Erleichtert atme ich aus. Zum Glück hat er sie nicht gesehen.

Ich schnappe sie mir, presse das Ei dicht an meine Brust und renne dann los.

Egal, was jetzt kommt, ich werde es nicht hergeben.

Meine Füße donnern über die Pflastersteine, kleine Steinchen bohren sich in meine Fußsohlen, doch das kann mich nicht aufhalten. Im Gegenteil, es lässt mich schneller werden.

Vor dem Verbindungshaus biege ich links ab, umrunde

es, bis ich an die Hintertür komme. Ich bleibe stehen, drehe den Knauf und teste, ob sich die Tür öffnen lässt. Zu meiner Erleichterung tut sie es.

Damit nicht sofort jeder aufmerksam auf das Ei wird, stopfe ich es unter dem weiten Hoodie von Marv. Dann trete ich in das Haus.

Die Treppe zu dem oberen Stockwerk ist keine zwei Meter entfernt, ich husche zu ihr und steige die Stufen nach oben. Nach und nach öffne ich die Türen, bis ich entdecke, was ich suche.

Ein Terrarium beleuchtet das ganze Zimmer. Seekers Zimmer, denke ich und schlüpfe hinein.

Mein Ziel fest vor Augen, durchquere ich den Raum, bleibe vor dem riesigen Glaskasten stehen. Die giftgrüne Schlange liegt um einen Ast gewickelt weiter oben und sieht mich aus ihren Schlitzaugen an.

Kräftig schlucke ich. »Vielleicht überlege ich es mir doch noch mal anders.«

Nein, ich habe es hierher geschafft und das Ei, ohne gesehen zu werden, ins Zimmer bekommen. Ich habe einen Plan und den werde ich umsetzen, komme, was wolle.

Die Wut kehrt zurück, schlägt ihre Klauen in mich. Und damit auch alles, was in der heutigen Nacht passiert ist.

Die Beleidigungen bei der Party, die Jungs, die über Seekers Sprüche lachen.

Wie ich gegen meinen Willen gewählt wurde und nicht aus der Nummer herauskomme.

Seeker, wie er mich jagt, mich unter die Tribüne treibt, mich fingert und dann voller Lust hängen lässt.

Wie er mich im Labyrinth erschreckt, mir Haare ausreißt und anschließend angebunden an einer Statue fickt, nur, um mich halb nackt da hängen zu lassen.

Ich habe das Fabergé-Ei der anderen gefunden gehabt, ›ch mein Versuch es in die Safe-Zone zu bringen, wurde ›n Seeker vereitelt.

Dann, wie er mich immer wieder sucht und findet. Die gt durch den Wald, bis hin zur Kapelle.

Und was dort passiert ist. Wie er mich in die Enge etrieben, mich am Altar befriedigt, geleckt und gefickt ıt. Wie er mich bewusstlos gewürgt und dann an das euz gebunden hat. Die Scham, die ich gehabt habe, als arv mich gefunden und losgebunden hat.

Der Griff um meine Schuhe verstärkt sich.

Für all das werde ich ihn bestrafen, es ihm mit seiner genen Methode heimzahlen.

Wenn ich nicht gewinnen kann, dann er auch nicht.

Ich lasse die Chucks fallen, hole das schwarze Ei unter em Hoodie hervor, greife nach dem durchsichtigen Griff es Terrariums und schiebe die Tür auf. Dabei die Schlan- e fest im Blick.

Laut den Gerüchten soll es eine Giftschlange sein und h kann gut darauf verzichten, von ihr gebissen zu wer- en. Dafür hänge ich zu sehr an meinem Leben. Seeker elleicht ja auch. Zumindest zähle ich darauf.

Mein Herz rast, meine Atmung geht stoßweise. Was t, wenn das Reptil schneller ist, als ich gedacht habe?

Nein, einfach nicht daran denken. Ich schiebe die Be- enken beiseite und straffe meine Schultern. Fix stelle h das Ei auf einen moosbedeckten Vorsprung, ziehe einen Arm aus dem Kasten und schließe ihn wieder.

Erleichtert atme ich aus, lehne meine Stirn an das küh- Glas. »Danke, dass du mich nicht gebissen hast.«

Die Schlange schlängelt sich vom Ast, schwebt mit em Kopf in der Luft und nähert sich dem Fremdkörper.

»Pass gut auf das Schätzchen auf.« Mit den Worte drehe ich mich um, bücke mich, um meine Schuhe au zuheben, und schreite zur Tür.

Diese jedoch schwingt auf, ich stoppe in der Bewegun Ein graues Augenpaar trifft auf meine Braunen.

Fuck!

Villans Aren't Born ,They're Made" - Acoustic Version

-

Peggy

Kian

Da bist du ja, kleines Bunny. Und dann auch noch in meinem Zimmer. Damit hätte ich nicht gerechnet, wenn ich dich nicht aus dem Augenwinkel ins Haus huschen sehen hätte.

Breit grinse ich dich an.

Du hast die unausgesprochene Regel gebrochen. Niemand darf die persönlichen Räume der Bewohner betreten, außer er nimmt die Person selbst dorthin mit. Doch du stehst hier, keine zwei Meter von mir entfernt in der Mitte des Zimmers und starrst mich aus deinen braunen Augen an.

Ich lehne mich mit dem Rücken an die Tür, lasse meinen Blick über dich gleiten.

Deine Schuhe baumeln in deiner Hand, Schmutz bedeckt deine nackten Füße. Du hast einen schwarzen Hoodie an, der dir bis zur Hälfte der Oberschenkel reicht.

Meine Augen verengen sich, ich zeige auf das Kleidungsstück, dass du anhast. »Wo hast du ihn her, kleines Bunny? Aus meinem Kleiderschrank?«

Du schüttelst deinen Kopf. Ein Funkeln glänzt in deinen Augen, deine Lippen verziehen sich zu einem Lächeln.

Fest presse ich meine Zähne aufeinander, meine Kiefermuskeln treten hervor.

»Marv war so nett, ihn mir zu leihen, nachdem wir -«

Kaum hast du das *wir* ausgesprochen, stoße ich mich von dem Holz ab, schreite auf dich zu und packe dich an den Schultern.

»Was habt ihr getan?«

Du hast ihn nicht gefickt, oder? So lebensmüde kannst selbst du nicht sein. Wobei, deine Instinkte sind erbärmlich. Hast du so wenig Selbstwertgefühl, um für dich zu kämpfen?

»Was wohl?« Herausfordernd reckst du dein Kinn nach oben.

Du willst mich reizen, ich weiß es, und dennoch kann ich nicht abstellen, dass ich eine unbändige Wut auf meinen Freund und Verbindungsbruder bekomme. Er hat angefasst, was mir gehört. Hat dich beschmutzt, in dem Wissen, dass ich für heute Nacht den Anspruch auf dich erhoben habe.

Tief bohre ich meine Finger in deine Schultern.

Minimal zuckst du zusammen, ehe deine Schuhe mit einem dumpfen Knall auf dem Boden landen. Du legst deine Hände an meine Brust und drückst mich von dir. Ich stemme mich dagegen.

»Sag, was ihr getan habt«, presse ich zwischen zusammengebissenen Zähnen hervor. Ich will es von dir wissen. Muss hören, dass ich richtig mit meiner Vermutung liege, dass ihr gefickt habt. Sollte das der Fall sein, ist das Spiel zwischen uns aus.

»Zuerst hat er meine Fesseln gelöst.« Deine Stimme ist leise und verheißungsvoll, sogar ein wenig rau.

Mein linker Mundwinkel hebt sich. Oh, zu gern hätte

ı deinen verdatterten Blick gesehen, nachdem du wieder
Bewusstsein gekommen bist. Was hast du wohlgefühlt,
; du festgestellt hast, dass du an dem Kreuz fixiert bist?

»Weiter!«

Kraftvoller drückst du mich fort. Dennoch bewege ich
ch nicht nach hinten, sondern lehne mich gegen deine
inde.

»Eine nach der anderen.« Du beißt dir auf die Unter-
pe.

Mein Blick gleitet zu der Stelle, wo deine Zähne leicht
das zarte Fleisch versinken. Hat er das auch bei dir
macht? Hat es dich angeturnt, so wie es bei mir der
ll gewesen ist, als du mich gebissen hast?

»Seine Finger waren sehr geschickt ...«

Wenn er dich wirklich gefickt hat, hätte er es machen
llen, als du noch angebunden gewesen bist. Ich habe
ch ihm auf einem Präsentierteller serviert, er brauchte
r noch zu speisen. Ich jedenfalls hätte ich dir die beste
ıferstehung ever gegönnt, da wäre Jesus vor Neid er-
ısst.

»... beim Öffnen.« Mit jedem Wort wirst du leiser. Du
ınst dich zu mir vor, hast dein Vorhaben mich von dir
stoßen aufgegeben. Mit den Fingerkuppen streichst du
eine Brust hinauf, bis zu meinem Hals. Du schlingst dei-
Arme um ihn und ziehst dich auf deine Zehenspitzen.
So ist es richtig, kleines Bunny. Such meine Nähe und
rfalle mir vollends.

»Ich war komplett nackt ...«

Oh, und wie ich weiß, dass du es gewesen bist. Schließ-
h habe ich dich vom Altar zum Kreuz getragen, dich
t meinem Körper dagegengestemmt und mühevoll
stgebunden.

Und sei dir sicher, mir ist die gesamte Zeit über bewu gewesen, dass du keine Kleidung getragen hast. Ich ha deine Lust riechen können, deinen Schweiß auf deir Haut gespürt und dabei zugesehen, wie der Mix aus m nem Sperma und deiner Feuchtigkeit aus dir gelaufen i

Bei der Erinnerung schließe ich die Augen, sauge t deinen Geruch ein. Fuck, allein deswegen werde ich w der hart. Warum hast du nur so eine Wirkung auf mic obwohl ich dich unter normalen Umständen niemals a fassen würde?

»… als er sich vor mich gekniet und auch die Fesse um meine Fußgelenke geöffnet hat.« Leicht pustest mir ins Ohr. »Er konnte alles von der Position aus seher

Ich öffne leicht meinen Mund, will etwas sagen, do du legst deinen Finger auf meine Lippen.

»Shhh …«

Ich verenge meine Augen, schiebe dich ein Stück z rück und sehe dich an.

Du grinst mich an, was mich meine Stirn runzeln läs

»Er hat mir runter geholfen und mich gehalten, bis i bereit war.«

Sag es endlich. Tu mir den Gefallen und nimm d verfickten Bann von mir, damit ich dich wieder als c sehe, was du bist. Eine unbedeutende Stipendiatin.

»Es hat etwas gedauert, bis es so weit war, schließli ist alles ein wenig wund.« Deine Lider senken sich leicl dein Grinsen wird breiter. »So oft habe ich es noch r getan, wie heute.«

»Ich wusste, du bist unerfahren«, raune ich. Es v dir bestätigt zu bekommen, was ich die ganze Zeit üb gedacht habe, lässt meinen bereits harten Schwanz der Hose zucken.

Du übergehst meinen Kommentar und sprichst weiter mit dieser sexy Schlafzimmerstimme. »Doch Marv war so nett und hat mich gut behandelt, als er …«

Ich spanne mich an. Jetzt ist es soweit und du wirst den Zauber brechen und dich zurückverwandeln. Aber bin ich bereit dafür, das Spiel schon zu beenden?

Wir sind noch nicht fertig miteinander, das wissen wir beide. Es gibt noch Grenzen, die wir überschreiten müssen, bis einer von uns nachgibt und das Versteck verrät. Nur du und ich wissen, wo die Eier deponiert sind. Die anderen Spieler sind nur Statisten, doch wir die Hauptakteure.

Es ist unser Kampf, die Weiterführung unseres kleinen Duells. Beide haben wir den jeweils anderen etwas zu beweisen. Und noch bin ich weit davon entfernt zu akzeptieren, dass ich verlieren sollte.

»… sich zuerst ausgezogen hat und dann …«

Geräuschvoll stoße ich den Atem aus. Ein roter Schleier legt sich vor meine Augen. Meine Wut übernimmt die Führung.

Ich packe dich an der Kehle, dränge dich zurück, bis du vom Terrarium gestoppt wirst.

Erschrocken keuchst du auf und dennoch funkeln mich deine Augen an.

Ich blende alles aus, nehme nur das Rauschen des Blutes in meinen Ohren wahr.

Ihr seid nackt gewesen, er hat dich gefickt und du hast es zugelassen.

Fest drücke ich dich gegen das Glas.

»Das hättest du nicht tun sollen, kleines Bunny«, sage ich bedrohlich und presse grob meine Lippen auf deine. Ich verlange mit der Zunge Einlass in deinen Mund, doch du verweigerst ihn mir.

Meine Zähne knirschen, die Wut nimmt zu, brodelt wie ein Vulkan, der gleich ausbricht.

»Für heute bist du mein Spielzeug gewesen.«

»Ich bin niemandes Spielzeug.« Du krallst deine Nägel in meinen Unterarm. Ich heiße den Schmerz willkommen, den sie verursachen. Brumme, als du alte Wunden öffnest und das Blut zu fließen beginnt.

Blitzschnell lasse ich deine Kehle los, drehe dich und presse dein Gesicht gegen das Glas. Ich schiebe den Hoodie hoch, entblöße deinen Arsch. Anschließend öffne ich meine Hose, schiebe sie samt Boxershorts nach unten.

Ein letztes Mal nehme ich mir noch das, was ich will, ehe ich dich in deine Realität zurückschicke. Ich werde dich auf verschiedenste Arten ficken. Erst deinen Körper, dann deinen Kopf und anschließend deine Seele. Ich werde mich in dich einbrennen, sodass du mich niemals vergessen wirst. Aber weißt du was, kleines Bunny. Du bist dann Geschichte für mich. Eine weitere Kerbe in meinem Bettpfosten, die mit all den anderen verschwimmt.

Ohne Vorbereitung stoße ich in dich, du klatschst mit dem Unterleib gegen das Terrarium. Ich schließe meine Hand wieder um deinen Hals, drücke zu.

Du legst deine Hände an das Glas, versuchst vermutlich Halt an dieser zu finden. Doch damit bewirkst du, dass die Tür in ihren Schienen klappert.

»Ist es das, was Marv mit dir getan hat? Seinen Schwanz in dich getrieben und hart gefickt?«, knurre ich und erhöhe mein Tempo.

»Er hat mich nicht …« Du keuchst, als ich meinen Winkel etwas ändere und deinen G-Punkt mit meiner Eichel streichele.

»Was? Dich nicht gefickt oder es nicht hart gemacht?«

Ich zerre an deinen Haaren, sodass du gezwungen bist, deinen Kopf in den Nacken zu legen, weswegen ich einen besseren Griff um deine Kehle habe.

Schmerzhaft stöhnst du auf.

Meine Lippen berühren beinahe dein Ohr, als ich raune: »Er ist nicht ich, stimmts?«

Du schüttelst leicht den Kopf.

Tief ramme ich mich in dich. »Niemand ist wie ich.« Ich drücke ein wenig zu.

»Nein«, wisperst du.

»Da wir das geklärt haben, wo ist das Ei?«

Du versteifst dich minimal. Würde ich dich nicht mit meinem Körper einkesseln und in dir sein, hätte ich es nicht wahrgenommen, so aber habe ich es mitbekommen.

»Wo?« Um meiner Frage mehr Nachdruck zu verleihen, lasse ich dein Haar los und presse deine Wange gegen das Terrarium. Tiefer und schneller stoße ich zu.

Du haust gegen das Glas, stöhnst und reckst mir deinen Arsch entgegen.

Eine Bewegung erregt meine Aufmerksamkeit. Ich schaue über deine Schulter, direkt auf die Totenkopfwand vom Terrarium, gleite an ihr herab und sehe, wie Bissy um etwas geschlungen auf der Anhöhe sitzt. Sie sieht in unsere Richtung, ihre gespaltene Zunge schießt hervor und ihr giftgrüner viereckiger Kopf schwebt in der Luft.

»Schau dir Bissy an, kleines Bunny. Ihr gefällt die Show, die wir für sie abziehen.« Fester drücke ich dich an das kühle Glas, ficke dich härter. »Ob sie weiß, dass du ihre Beute bist?«

Du keuchst auf.

Bissy bewegt sich leicht und offenbart, worum sie geschlungen ist.

Ich stocke in der Bewegung. Tief in dir steckend, sehe ich auf das schwarze Fabergé-Ei. Kann meinen Augen nicht trauen. Ist es wirklich da?

»Was zur Hölle?«

Killing Me Slowly

Bad Wolves

Ava

Ich halte mich ruhig, auch wenn die Position nicht gerade die angenehmste ist. Anhand seiner Reaktion vermute ich, dass er das Ei gefunden hat. Ob er damit gerechnet hat?

Ein Grinsen schleicht sich auf meinen Lippen.

Bestimmt nicht. Eins zu null für mich, Wichser.

Ich bewege meine Hüfte hin und her, erinnere ihn daran, womit er bis eben beschäftigt gewesen ist.

»Oh, kleines Bunny, das hättest du nicht tun sollen.«

Mein Grinsen wird breiter. »Wenn ich nicht gewinnen kann, dann werden wir gemeinsam verlieren.«

Er beginnt sich wieder zu bewegen. Härter und tiefer als zuvor.

»Wir werden sehen!«

Meine Wange rutscht an dem glatten Material auf und ab. Ich richte meinen Blick auf die Giftschlange, vor der jeder Angst hat, doch ich empfinde gerade nichts anderes als Genugtuung.

Mit diesem Schachzug habe ich Kian Seeker ausgetrickst, ihn in seinem eigenen Spiel geschlagen und zu Fall gebracht.

Tief schaue ich dem Tier in die Augen, während Seeker immer wieder in mich stößt. Seine Hand umschließt fester meinen Hals, schnürt mir die Luftzufuhr ab.

Japsend ringe ich nach Sauerstoff. Erfolglos.

Panik wallt in mir auf, mein Herz rast noch schneller als ohnehin schon.

Er krümmt die Finger, seine Nägel schneiden in meine Haut.

Süßer Schmerz fährt durch mich hindurch, sammelt sich in meinem Unterleib und steigert meine Lust. Gleichzeitig rauscht ein Adrenalinschub durch meinen Körper, vermischt sich mit meinem Verlangen.

In meinen Lungen beginnt es zu brennen. Tränen sammeln sich in meinen Augen und der Rand meines Sichtfelds verdunkelt sich. Schwarze Punkte blitzen vor meinen Lidern auf. Mein Körper verlangt nach Sauerstoff, krampft und zuckt. Es fühlt sich an, als würde jede einzelne Nervenbahn in mir zerspringen wollen, wenn ich nicht bald einatme.

Das Blut rauscht in meinen Ohren. Meine Arme werden schwer, meine Beine taub. Das Sichtfeld wird immer kleiner. Leere entsteht in meinem Kopf.

Wie aus weiter Ferne nehme ich wahr, wie etwas klickt, dann spüre ich, wie sich das Glas unter mir bewegt.

Seeker zieht sich aus mir zurück, sofort fühle ich mich leer, auch seine Hand verschwindet von meiner Kehle. Sein Körper entfernt sich von mir.

Meine Beine geben nach, ich sinke auf die Knie und Hände. Hektisch atme ich ein und aus, versorge meinen Körper mit Sauerstoff.

Habe ich eben noch Genugtuung verspürt, raucht nun pure Wut durch meine Adern.

Er hat mich beinahe wieder bis zur Bewusstlosigkeit gewürgt. Meinen Körper glauben lassen, dass ich sterben werde.

Demütigung mischt sich dazu.

Ich habe wieder zugelassen, dass er mich fickt. Habe diese unbändige Lust verspürt, die nur er in mir hervorrufen kann. Und dabei gedacht, ihn ausgetrickst zu haben.

Wie dumm ich doch bin!

Ich stemme meine Hände in den Boden, will aufstehen. Es klappt nicht.

Seeker drückt mich mit seinem Gewicht nach unten. In meiner Wut habe ich nicht mitbekommen, wie er sich hinter mir gekniet und sich an meine Mitte positioniert hat. Sein Oberkörper liegt auf meinem Rücken.

Meine Arme zittern von der Anstrengung.

Er stupst mit seiner Härte an meinem Eingang.

Zu meiner Schande verlangt meine Pussy noch immer nach seinem Schwanz. Auch meine Lust kehrt sofort zurück, brodelt unter der Oberfläche und will endlich freigelassen werden.

Frustriert schnaube ich, was in ein langes Stöhnen übergeht, als er sich in mich schiebt.

Mit jedem Stoß wird es schwerer, mich auf den Armen zu halten und nicht einzuknicken.

Ob er mich endlich kommen lassen wird?

Ich komme seinen Bewegungen entgegen. Mehr und mehr baut sich meine Lust auf, formt sich zu einem glühend heißen Ball. Ich schließe die Augen, genieße das berauschende Gefühl und strebe dem Orgasmus entgegen.

»Hol es raus!«, knurrt Seeker.

Ich reiße die Lider auf, schaue verwirrt über die Schulter zu ihm.

»Hol das verdammte Ei raus!«

Es dauert einen Moment, bis sich meine Gedanken soweit geklärt haben, dass ich verstehe, was er von mir will.

»Dein Ernst?«

Mit mehr Nachdruck rammt er sich in mich. Ich mache einen Satz nach vorn. In der Erwartung, mit dem Kopf gegen das Glas zu knallen, kneife ich die Augen zu. Doch der Schmerz bleibt aus, stattdessen falle ich vorwärts und lande mit dem Gesicht in Erde.

Ein Schrei bleibt mir im Halse stecken. Habe ich eben gedacht, dass mein Herz bereits rast, erfahre ich jetzt, dass es noch schneller geht. Ich habe das Gefühl, es springt mir gleich aus der Brust.

Sofort möchte ich mich aufrappeln, weg aus der Situation krabbeln. Doch wieder einmal verhindert Seeker das und drückt mich runter. Nicht eine Sekunde stoppt er, sondern fickt mich weiter.

Seine Hand legt sich auf mein Handgelenk und zwingt mich, meinen Arm auszustrecken. Ich halte dagegen, will nicht, dass ich der Schlange näherkomme, als ohnehin schon.

Seeker trifft einen Punkt in meinem Inneren, der mich laut Stöhnen lässt. Immer wieder berührt er ihn. Treibt mich höher und höher.

Ich bin kurz davor zu kommen. Alles zieht sich in mir zusammen.

Dennoch nehme ich nicht für eine Sekunde den Blick von dem giftigen Tier, das nur wenige Zentimeter von mir entfernt auf dem Ei sitzt und mich ebenfalls ansieht.

Das Zischen der Schlange brennt sich in meine Ohren ein.

Wut, Angst, Frustration und Lust mischen sich zu einem explosiven Cocktail.

Seeker will mich abermals dazu zwingen, meinen Arm szustrecken.

»Du hast es dort hingelegt und du wirst es wieder raus- len.«

Verzweifelt versuche ich ihn loszuwerden, bäume mich ter ihm auf und will ihn abwerfen. Doch das hat zu Fol- , dass er tiefer in mich gleitet und die richtigen Punkte fft. Ich keuche und stöhne abwechselnd.

Rau lacht er auf.

»Würdest du wirklich jemanden umbringen, nur um zu winnen?«, zische ich durch zusammengepresste Zähne.

Kräftig stößt er in mich. Das Klatschen unserer auf- nanderprallenden Haut hallt in dem Terrarium wider.

Gewaltsam streckt er meinen Arm aus. »Ja!«

Blitzschnell zieht die Schlange sich ein Stück zurück, ır um dann in gleicher Geschwindigkeit nach vorn preschen. Spitze Zähne bohren sich in meine Haut, ırchdringen sie.

Mein Atem stockt. Schmerz schießt durch meinen Kör- er. Geschockt sehe ich dabei zu, wie die Schlange mich vischen ihren Kiefern gefangen hält.

Das hat er nicht wirklich getan, oder? Ich träume das anze doch nur, oder?

Oder?

Ende

Daylight

-

David Kasher

Kian

**Alternativende,
wenn du mit dem Vorherigen
nicht zufrieden bist**

Ich lache, während ich dich tiefer, als je zuvor ficke.

Meine Eier ziehen sich zusammen. Der Anblick, euch beide so zu sehen, turnt mich auf kranke Art und Weise an.

Hektisch atmest du ein und aus, ansonsten gibst du keinen Laut von dir, sondern starrst mein Haustier an.

Dein Körper reagiert trotzdem weiter auf die Reize, denen er ausgeliefert ist. Deine inneren Wände ziehen sich zusammen, massieren meinen Schwanz.

Du bist kurz davor zu kommen, obwohl Bissy gerade an deinem Arm hängt und ihre kleinen Zähne in dich vergraben hat. Auch die Panik, die dich scheinbar fest in ihren Klauen hat, kann daran nichts ändern.

Soll ich dich trotzdem erlösen, kleines Bunny?

Ich beuge mich zu deinem Ohr runter, gleite dabei weiter mit meinem Schwanz rein und raus.

Mit vor Lust rauer Stimme flüstere ich: »Man bringt niemanden um, wenn die vermeintliche Giftschlange eine Würgeschlange, und ihr Biss somit ungefährlich ist.« Ein, zweimal ramme ich mich in dich. »Und jetzt komm!«

Ende 2.0

Danksagung

Wow, was war das bitte? Ich wollte so was wie Hunt erschaffen. Eine kleine smut Dark Romance Novelle nur mit Ostern, statt Halloween ... aber irgendwie ist aus Seeker etwas Eigenes geworden. Ein Typ, der auf seine Art und Weise dark und verdammt krank ist. Der Ostern für sich anders auslegt, als normale Menschen es tun. Und irgendwie liebe ich ihn dafür umso mehr. Bin ich nun endgültig verdorben?

So aber nun zum eigentlichen Sinn einer Danksagung, das Danke sagen. ;)

Bitchii und Vanessa ihr wisst nicht, wie dankbar ich euch bin. Nicht nur Fehler, von denen reichlich vorhanden waren, habt ihr ausgemerzt, sondern auch Anmerkungen gegeben, wenn etwas noch nicht ganz rund war. Ihr habt mir wirklich den Arsch gerettet, denn ohne eure Unterstützung wäre das Projekt gescheitert. DANKE, DANKE, DANKE!

Aber auch ohne meine Testis (wobei ihr bei dieser Novelle eher Alphas gewesen seid), hätte ich Seeker nicht so schnell umsetzen können. Danke Selina, Anna, Jess, Rafa und Nadine, dass ihr auch dieses Mal wieder dabei waren und mich unterstützt habt. Danke auch, dass ihr immer ein offenes Ohr habt, Schnipsel raussucht, Videos erstellt und mich anfeuert, wenn ich mal wieder struggle. Danke

Bianca mein Co-Working-Buddy und DJ, danke, dass du dir gemeinsam mit mir die Nächte um die Ohren geschlagen hast. Mich angehört und mir weitergeholfen hast, wenn ich festgesteckt habe. Danke!

Und zu guter Letzt: DANKE an dich, lieber Leser, dass du dich auch an diese Novelle von mir gewagt, sie gekauft und gelesen hast. Ich hoffe, sie konnte dich genauso mitreißen, wie Hunt oder mich beim Schreiben.

xoxo
Alea

ALEA VILLAIN

Die Autorin

Alea Villain ist das offene Pseudonym von Daphne Bühner. Unter diesem Namen veröffentlicht die Autorin ihre dunkle, abtrünnige Seite.

Alea wurde geboren, um in ihren Dark Romance Geschichten die Grenzen zu überschreiten und die tiefsten Sehnsüchte und Abgründe herauszukitzeln.

Dieses Pseudonym hangelt sich von Grenze zu Grenze. Sei also gewarnt.

Willkommen, und viel Spaß in ihrer dunklen Seele.

Printed in France by Amazon
Brétigny-sur-Orge, FR

22397156R10087